# O EMBLEMA VERMELHO DA CORAGEM

STEPHEN CRANE nasceu em 1871 em Newark, Nova Jersey. Caçula de uma família de catorze filhos, seu pai era um importante pastor metodista; e sua mãe, filha de bispo metodista, uma destacada militante da igreja. Depois de frequentar brevemente o Lafayette College e a Syracuse University, Crane passou a trabalhar na agência de notícias do irmão, em Nova Jersey, e, ao mesmo tempo que atuava como jornalista *freelance*, ingressou na boêmia da baixa Manhattan. Seu primeiro romance, *Maggie: A Girl of the Streets* [Maggie: uma garota das ruas] (1893), não teve sucesso comercial, mas foi recebido com entusiasmo por Hamlin Garland e William Dean Howells, que estimularam sua carreira literária. Com o romance seguinte, *O emblema vermelho da coragem* (1895), ele conheceu instantaneamente a fama internacional. Jornalista, fez reportagens no Oeste americano, no México, na Grécia e em Cuba, assim como em Nova York, tendo transformado várias de suas experiências em ficção. Os contos que escreveu depois da composição de *O emblema vermelho da coragem* figuram entre as melhores narrativas breves da literatura americana. Em 1899, fixou-se na Inglaterra com a companheira Cora. O ritmo de trabalho implacável que adotou para pagar dívidas agravou sua tuberculose. Crane morreu em um sanatório alemão em junho de 1900.

SÉRGIO RODRIGUES nasceu em Muriaé (MG) em 1962 e vive no Rio de Janeiro desde 1980. Jornalista, trabalhou como repórter, editor e colunista em veículos como *Jornal do Brasil*, *O Globo*, *Folha de S. Paulo*, *Veja Rio* e TV Globo. Foi correspondente do *JB* em Londres em 1987-88. Estreou como escritor em 2000 com o volume de contos *O homem que matou o escritor*, ao qual se seguiram o livro de crônicas *What língua is esta?* (2005) e os romances *As sementes de Flowerville* (2006) e *Elza, a garota* (2009).

O autor mantém o blog literário Todoprosa (www.todoprosa.com.br), um dos mais importantes veículos sobre literatura na internet brasileira. Lançou em 2010 *Sobrescritos*, coletânea de minicontos tragicômicos — publicados inicialmente como *posts* — que abordam a vida literária.

Sua tradução de *O emblema vermelho da coragem* foi publicada inicialmente em 2000 pela Lacerda Editores com o título que a adaptação cinematográfica da obra, dirigida por John Huston em 1951, ganhou no mercado brasileiro: *A glória de um covarde*. Para a edição da Penguin-Companhia das Letras foi restaurado o título original da obra.

GARY SCHARNHORST é editor da *American Literary Realism* e, em anos alternados, editor da pesquisa anual *American Literary Scholarship*. Foi bolsista na Alemanha pelo programa Fullbright e hoje é professor de inglês na University of New Mexico. Publicou livros sobre Mark Twain, Charlotte Perkins Gilman, W. D. Howells, Bret Harte, Horatio Alger Jr., Nathaniel Hawthorne e Henry David Thoreau.

# STEPHEN CRANE

# O emblema vermelho da coragem
## Um episódio da Guerra Civil Americana

*Tradução de*
SÉRGIO RODRIGUES

*Apresentação de*
JOSEPH CONRAD

*Introdução e notas de*
GARY SCHARNHORST

PENGUIN
COMPANHIA DAS LETRAS

Copyright da introdução e das notas © Gary Scharnhorst, 2005

*Grafia atualizada segundo o Acordo Ortográfico
da Língua Portuguesa de 1990,
que entrou em vigor no Brasil em 2009.*

Penguin and the associated logo and trade dress
are registered and/or unregistered trademarks
of Penguin Books Limited and/or
Penguin Group (USA) Inc. Used with permission.

Published by Companhia das Letras in association
with Penguin Group (USA) Inc.

TÍTULO ORIGINAL
The Red Badge of Courage

CAPA E PROJETO GRÁFICO PENGUIN-COMPANHIA
Raul Loureiro, Claudia Warrak

REVISÃO
Luciane Helena Gomide
Ana Maria Barbosa

Dados Internacionais de Catalogação na Publicação (CIP)
(Câmara Brasileira do Livro, SP, Brasil)

Crane, Stephen
O emblema vermelho da coragem : um episódio da guerra civil americana / Stephen Crane ; tradução Sérgio Rodrigues ; introdução e notas Gary Scharnhorst. — São Paulo  :
Penguin Classics Companhia das Letras, 2010.

Título original: The red badge of courage.
ISBN 978-85-63560-10-0

1. Batalha de Chancellorsville, 1863 – Ficção 2. Estados
Unidos – História – Guerra civil, 1861-1865 – Ficção. I. Scharnhorst, Gary. II. Título.

10-11833                                                        CDD-813

Índices para catálogo sistemático:
1. Ficção : Literatura norte-americana  813

[2010]
Todos os direitos desta edição reservados à
EDITORA SCHWARCZ LTDA.
Rua Bandeira Paulista, 702, cj. 32
04532-002 — São Paulo — SP
Telefone: (11) 3707-3500 Fax: (11) 3707-3501
www.penguincompanhia.com.br

# Sumário

| | |
|---|---|
| Apresentação — Joseph Conrad | 7 |
| Introdução — Gary Scharnhorst | 15 |
| O EMBLEMA VERMELHO DA CORAGEM | 39 |
| *Notas* | 209 |
| *Outras leituras* | 211 |

# Apresentação[*]

JOSEPH CONRAD

Uma das memórias mais persistentes de minha vida literária é a sensação que me produziu o surgimento, em 1895, de *O emblema vermelho da coragem* de Crane num pequeno volume pertencente à coleção *Pioneer Series of Modern Fiction*, do sr. Heinemann, dedicada à ficção verdadeiramente moderna daquele tempo e, de forma geral, não desprovida de mérito. Suponho que a coleção tivesse o propósito de nos chocar, pois até o ponto em que sou capaz de recordar não havia, para usar um termo com o qual outra guerra nos familiarizou, nenhuma ogiva não detonada naquele pequeno e animado bombardeio. Mas a obra de Crane estourou em meio à suave balbúrdia daquele ataque às nossas sensibilidades literárias com o impacto e o poder de um projétil de doze polegadas carregado de material explosivo potente. Caiu sem aviso entre nós, e à sua queda seguiu-se um grande clamor.

Não de consternação, porém. A energia liberada por aquele projétil não destruiu nada nem feriu ninguém (tal era sua boa fortuna), mas encantou muitos. Deliciou soldados, homens de letras, homens comuns; foi recebido de braços abertos por todos os amantes da expressão pessoal como revelação genuína, satisfazendo a curiosi-

[*] Texto publicado originalmente em *Last Essays*, livro de 1926 que reúne os últimos ensaios de Joseph Conrad. (N. T.)

dade de um mundo em que a guerra e o amor têm sido temas de canções e histórias desde os primórdios do discurso articulado.

Ali estava um artista, um homem que, se não tinha experiência, tinha inspiração, uma pessoa intuitiva, com o dom de representar o mais significativo na superfície das coisas e com um olhar incomparavelmente penetrante para as emoções primitivas, e que, para nos mostrar a imagem da guerra, sondara profundamente seu próprio peito. Demos-lhe boas-vindas. Como se todo o vocabulário do elogio tivesse sido lançado pelos ares por esse míssil vindo do outro lado do Atlântico, uma chuva de palavras nos caiu sobre as cabeças, palavras bem ou mal escolhidas, nacos de enaltecimento pedante e reconhecimento caloroso, palavras inteligentes, palavras de compreensão genuína, platitudes, amenidades da crítica, mas todas tão sinceras em sua reação quanto a obra impressionante que punha tantas penas críticas a correr apressadamente sobre o papel.

Uma das mais interessantes, se não a mais valiosa, apreciações então publicadas foi talvez a do sr. George Wyndham, soldado, cidadão do mundo e, em certo sentido, homem de letras. Ele atacou a grande questão da literatura de guerra, pelo menos a do século XIX, evocando comparações com as *Memórias* do general Marbot e com o famoso *Diary of a Cavalry Officer* [Diário de um oficial de cavalaria] como registros de experiências pessoais. Fez justiça ao interesse naquilo que os próprios soldados podem nos contar, mas confessou que, a fim de satisfazer a curiosidade do combatente em potencial que dorme no fundo da maioria dos homens quanto aos aspectos pitorescos e às reações emocionais despertadas por uma batalha, precisávamos recorrer ao artista, com seu talento caído do céu, para pôr as palavras a serviço da clarividência sobre a qual é e deve necessariamente ser a verdade dos fatos. Chegou à seguinte conclusão:

O EMBLEMA VERMELHO DA CORAGEM

"O sr. Crane engendrou uma obra-prima."

"Engendrou", essa palavra de sonoridade vagamente depreciativa, é a última que eu teria aplicado a qualquer trabalho de Stephen Crane, que em sua arte (como em sua vida privada) era, de todos os homens, o menos dado a "engendramentos". Quanto à "obra-prima", não há dúvida de que *O emblema vermelho da coragem* é isso mesmo, nem que seja apenas pela maravilhosa propriedade das descrições vividamente impressionistas da ação naquele campo de batalha no meio dos bosques, ou pelo estilo imagético da análise das emoções suscitadas pela luta moral interna que se trava no peito de um indivíduo, o jovem soldado, protagonista de um monodrama que nos é apresentado numa sucessão fluente de frases gráficas e coloridas.

Stephen Crane situa seu jovem soldado num regimento virgem de batalha. E isso é bem engendrado, se engendramento houver numa obra espontânea que parece jorrar e fluir como uma nascente das profundezas da alma do autor. Para que a revelação possa ser completa, o jovem soldado deve ser privado do apoio moral que teria recebido de um grupo de homens já amadurecidos e despertados na ação para a consciência da própria coragem. Seu regimento não tinha passado por teste algum, a não ser o de esperar por dias a fio pela ordem de levantar acampamento; tantos dias que acabou por se ver, e o jovem dentro dele, como "peça de uma imensa manifestação azul". As tropas tinham estado acampadas às margens de um rio, ociosas e indóceis, até o momento em que Stephen Crane se apodera delas ao romper da aurora com simplicidade magistral: "O frio deixava a terra com relutância". Eis as primeiras palavras do livro de guerra que lhe daria seu quinhão de fama.

Todo o parágrafo de abertura é maravilhoso na dignidade despretensiosa com que traça as linhas da paisagem e o despertar tiritante da tropa ao raiar do dia que antecede a batalha. No parágrafo seguinte, com uma mudança das mais eficazes para uma narrativa de vívido coloquialismo, a ação que motiva, ampara e alimenta o drama interior que é o tema do livro começa com o soldado alto caminhando até o rio para lavar sua camisa. Ele volta agitando o uniforme sobre a cabeça. Tinha ouvido de alguém em quinta mão que o exército levantaria acampamento no dia seguinte. O único efeito imediato de tal notícia é a de fazer um carroceiro negro, que até então estivera dançando sobre umas caixas no meio de uma roda de soldados risonhos, ver-se subitamente abandonado e sentar-se, amuado. No mais, a excitação do soldado alto provoca reações de ceticismo apático, murmúrios obscenos e incredulidade invencível. Mas o regimento, de alguma forma, fica mais circunspecto. Pode-se sentir isso, embora nenhum sintoma se faça notar. Ninguém ali sabe o que é uma batalha, e o jovem soldado também não. Este se retira então do burburinho para o que parece ser uma maloca bastante confortável e se deita com as mãos sobre os olhos para pensar. Assim começa o drama.

Ele percebe de repente que vinha encarando as guerras como fenômenos históricos do passado. Nunca acreditara numa guerra em seu próprio país. Até então, tudo era uma espécie de brincadeira. Tinha sido convocado, submetido a treinamento, inspecionado e posto a marchar por meses, até perder a esperança de jamais ver um combate à moda grega. Tais coisas não existiam mais. Os homens tinham melhorado, ou ficado mais tímidos. A educação secular e religiosa obliterara o instinto de cortar gargantas, ou então eram as duras finanças que mantinham as paixões sob controle.

Muito moderno, esse toque. Trazemos na lembrança os pensamentos do gênero que floresceram em torno de 1914. Aquele jovem soldado é o representante da humanidade em mais de um sentido, e em primeiro lugar na ignorância. Seu regimento tinha ouvido as histórias dos

O EMBLEMA VERMELHO DA CORAGEM

veteranos sobre "hordas grisalhas e barbadas que avançavam em meio a uma densa nuvem de palavrões, mascando fumo com bravura indizível; tropas formidáveis de uma soldadesca feroz que varria a terra como bandos de hunos". No entanto, não deposita grande fé nos relatos dos veteranos. Os recrutas eram suas presas. Eles falavam de sangue, fogo, morte súbita, mas talvez a maior parte daquilo fosse mentira. Não seria sábio confiar neles. E a questão se levanta então à sua frente: numa batalha, sairia correndo ou não? Não sabe responder. Não tem como saber. Um pequeno pânico se introduz em sua mente. Põe-se de pé num salto e pergunta em voz alta: "Meu Deus, o que há de errado comigo?". É a primeira vez que ouvimos sua voz nesse dia, véspera da batalha. Não é o perigo que ele teme, mas o próprio medo. Está diante do desconhecido. Gostaria de poder provar a si mesmo por meio de algum processo racional que não vai fugir da batalha. E em seu regimento virgem de fogo não encontrará nenhum auxílio. Está sozinho diante do problema da coragem.

Nisso, é o símbolo de todos os homens que nunca foram testados.

Alguns críticos viram nele um caso mórbido. Não posso concordar com isso. Os casos anormais, que se situam nos extremos, são os de homens que desmoronam ao primeiro sinal de perigo e os daqueles que os companheiros dizem que "não sabem o que é o medo". Também não me esqueço dos raros eleitos dos deuses cujo espírito indômito só encontra sossego em meio à fúria e ao clamor de uma batalha. Um desses era o general Picton, de fama Peninsular.* Mas à grande massa da humanidade cabe sa-

---

\* Sir Thomas Picton (1758-1815), oficial do exército britânico que se destacou na Guerra Peninsular (1807-14) entre a França de Napoleão e os aliados Espanha, Portugal e Grã-Bretanha pelo controle da Península Ibérica. (N. T.)

ber o que é o medo, o medo decente da desgraça. Pertence a tal grupo o jovem soldado de O *emblema vermelho da coragem*. Ele só parece excepcional porque tem dentro de si a imaginação de Stephen Crane e nos é apresentado por meio do olhar penetrante e do poder expressivo de um artista que um crítico justo e severo, numa avaliação de toda a sua obra, considerou o mais destacado impressionista de sua época; como Sterne foi o maior impressionista, embora de um tipo diferente, em seu próprio tempo.

Trata-se de um julgamento generalizado e fundamental. De modo mais superficial, tanto *A derrocada* de Zola quanto *Guerra e paz* de Tolstói foram mencionados por críticos em conexão com o livro de guerra de Crane. Mas a principal preocupação de Zola era com a decadência do regime imperial que acreditava estar retratando; e, no livro de Tolstói, a sutil apresentação do esquadrão de Rostov pela primeira vez sob fogo é um mero episódio perdido numa massa de outros assuntos, como um punhado de pedrinhas num monte de areia. Não compreendi a relevância de tais comparações. Crane estava interessado apenas na verdade mais elementar; e, de qualquer modo, creio que como artista seja incomparável. Ele lidava com o que é permanente e era o mais reservado dos homens.

Eis por que seu livro é curto. Não chega a duzentas páginas. Pedras preciosas são pequenas. Este monodrama, que uma inspiração feliz ou um infalível instinto o levou a trazer diante de nós em forma de narrativa, está contido entre as palavras iniciais que já citei e as seguintes frases ao final do livro: "Estivera muito perto de tocar com a mão a morte gloriosa. Descobrira que, no fim das contas, ela não passava de uma morte gloriosa. Ele era um homem".

Com essas palavras termina a ação. Temos apenas um vislumbre do exército vitorioso no lusco-fusco, sob a chuva: "Sob o céu baixo e tenebroso, a procissão de

O EMBLEMA VERMELHO DA CORAGEM

soldados exaustos se transformou num trem enlameado, tristonho e resmungão, avançando com esforço sacolejante por uma vala de lama líquida", enquanto o último raio de sol incidia sobre o leito do rio por uma brecha entre as nuvens de chumbo.

Este livro de guerra tão viril e tão cheio de calorosa empatia, despido de qualquer sentimento declamatório que conspurque a felicidade genuína da expressão verbal, com sua fusão de análise e descrição num deslumbramento contínuo de estilo individual, foi saudado pelos críticos como o arauto de uma carreira brilhante. O próprio Crane raramente aludia a ele, e sempre com um sorriso melancólico. Talvez estivesse ciente de que, como o soldado alto de seu livro, que mortalmente ferido e tentando agarrar o ar sai correndo aos tropeções pelos campos ao encontro da morte que lhe foi designada no primeiro dia da batalha, enquanto o aterrorizado jovem e o gentil soldado maltrapilho, em silêncio, observam com assombro "cerimônia no local combinado", seu destino também seria o de tombar cedo no combate.

# Introdução

GARY SCHARNHORST

Stephen Crane (1871-1900) foi uma supernova no firmamento literário americano da década de 1890, irrompendo no cenário e brilhando com energia intensa durante vários anos até a morte prematura. No entanto, foi tão prolífico durante sua breve carreira — período que coincidiu com a mais grave crise econômica dos Estados Unidos antes da Grande Depressão dos anos 1930 — que a edição standard de sua obra completa contém nada menos que dez grossos volumes de ficção, poesia e jornalismo. Como outros autores de contos realistas, inclusive W. D. Howells, Theodore Dreiser, Hamlin Garland e Willa Cather, Crane foi treinado no jornalismo. Mas, em seus melhores escritos, transpôs o realismo para chegar à ironia, à paródia e ao impressionismo. Era tanto aprendiz quanto pioneiro, aprendendo seu ofício ao mesmo tempo que alterava o curso da história da literatura americana. Quem sabe quanto ainda teria realizado se não fosse colhido pela morte? Ao falecer, Crane era onze anos mais novo que Mark Twain quando da publicação de *As aventuras de Tom Sawyer* em 1876, tinha exatamente a idade de Theodore Dreiser ao publicar seu primeiro romance *Sister Carrie*, onze anos menos que Willa Cather quando publicou seu primeiro romance em 1913. Mas a brevidade de sua vida faz parte da lenda do boêmio beberrão e sofredor. "Antes da publicação de

16                                        STEPHEN CRANE

*O emblema vermelho da coragem*, era difícil ganhar a vida", admitiu ele certa vez. "Foi um esforço nascido da dor. [...] É uma pena que seja assim: que a arte seja filha do padecimento, mas parece que é isso mesmo."[1]

Filho de um pastor abstêmio, Stephen Crane nasceu em Newark em 1871. Em 1878, mudou-se com a família para Port Jervis, Nova York. Entre 1888 e 1891, frequentou as faculdades de Claverack e Lafayette e a Syracuse University, onde parece ter se especializado em beisebol. "Iniciei a batalha da vida sem talento, sem equipamento, mas com uma admiração e um desejo ardentes", recordou fugazmente antes da publicação de *O emblema vermelho da coragem*. "Fui preguiçoso no colégio, mas restringi minha capacidade, tal como era, ao diamante. Não que não gostasse dos livros, mas o currículo predeterminado da escola não me atraía. [...] E o meu maior desejo era escrever com simplicidade e clareza."[2] Estudante ainda, publicou os primeiros artigos em jornais da região de Nova York e, em 1893, editou seu primeiro romance, *Maggie: A Girl of the Streets*, usando pseudônimo. Mesmo aclamado por críticos como W. D. Howells ("talvez a melhor gíria que já chegou a ser impressa") e Hamlin Garland ("o estudo das favelas mais verdadeiro e invulgar que eu já li"), o livro quase não vendeu.[3]

Em junho de 1893, depois de ler na revista *Century* uma série intitulada "Batalhas e líderes da Guerra de Secessão", Crane começou a escrever *O emblema vermelho da coragem*. Como posteriormente explicou ao amigo Louis Senger: "Eu comecei a fazer deliberadamente um *pot-boiler*\* [...] algo que pegasse o elemento colégio interno — você conhece o tipo. Ora, apesar de tudo, fui ficando interessado pela coisa e não consegui, não consegui. Tive de fazê-lo à minha maneira".[4] Ele termi-

---

\* Romance de má qualidade, escrito rapidamente com o objetivo de ganhar dinheiro. (N. T.)

O EMBLEMA VERMELHO DA CORAGEM 17

nou o rascunho da história no início de abril de 1894, quando morava no prédio da Art Students' League, em Nova York. Tinha apenas 22 anos. Logo que Garland leu o manuscrito e sugeriu algumas mudanças, Crane o ofereceu a S. S. McClure, pedindo-lhe que avaliasse sua publicação na *McClure's Magazine* ou em sua agência distribuidora. No entanto, ao receber uma resposta evasiva, recuperou o manuscrito em outubro e o ofereceu a Irving Bacheller, cuja agência distribuidora serializou uma versão truncada da história em diversos jornais importantes, inclusive o *Philadelphia Press*, em dezembro. Em fevereiro de 1895, Ripley Hitchcock, o editor-chefe da D. Appleton and Co., baseando-se nesse folhetim, decidiu publicá-lo em livro. Enquanto isso, Crane estava percorrendo o Oeste e o México e, em maio, ao retornar a Nova York, assinou com Appleton um contrato que lhe dava direitos autorais de dez por cento das vendas do romance. Quando a *Current Literature* publicou parte de um capítulo em sua edição de agosto, *O emblema vermelho da coragem*, o segundo livro de um jovem escritor virtualmente desconhecido, foi publicado formalmente no dia 27 de setembro.

Imediato sucesso de vendas, teve duas ou três reimpressões em 1895 e nada menos que catorze no ano seguinte. Mas sua recepção pela crítica foi mais variada. Por um lado, muitos resenhadores, especialmente na Inglaterra, ficaram impressionados com o realismo das cenas de combate, equiparando *O emblema vermelho da coragem* a *Guerra e paz* de Tolstói e *A derrocada* de Zola. Edward Marshall afirmou, no *Press* de Nova York, por exemplo, que somente Tolstói descrevera com tanta vivacidade "os detalhes curiosos da conduta pessoal e o sentimento de quando a luta é mais intensa". Na *New Review*, George Wyndham, o subsecretário da Guerra britânico, opinou que Crane pintara, "pela sua simplicidade de propósito, um retrato mais verdadeiro e completo da guerra" do que Tolstói e Zola. Harold Frederic, o correspondente do *New York Times* em Londres, escreveu que o romance "incute a sensação de que a verdade de uma batalha nunca tinha sido percebida" e comparou Crane com Tolstói, Balzac, Vitor Hugo, Mérimée e Zola.[5] Diziam que Rudyard Kipling viajava com um exemplar do romance no bolso; o comissário de polícia de Nova York Theodore Roosevelt escreveu uma carta de congratulação ao autor; e este soube que havia um exemplar guardado no arquivo do Ministério da Guerra, em Washington.[6] John W. De Forest, veterano da Guerra de Secessão e autor de *Miss Ravenel's Conversion from Secession to Loyalty* [A conversão da srta. Ravenel da secessão à lealdade] (1867), achou *O emblema vermelho* "um livro realmente inteligente, com muito trabalho de primeira classe. As cenas de combate são excelentes, embora eu nunca tenha visto uma bateria capaz de arremeter em velocidade máxima em um prado" como acontece no capítulo 4.[7] Apesar de Crane ter nascido seis anos depois do armistício, muitos acreditavam que combatera no exército da União. Como ele próprio explicou, muitos críticos "fazem questão de me julgar um veterano da guerra civil, muito embora [...] eu nunca tenha sentido o cheiro da pólvora nem em um combate simulado". Crane especulava que havia "colhido minha ideia da ferocidade do conflito no campo de futebol americano"[8] — e, de fato, no capítulo 19, descreve o protagonista Henry Fleming correndo em busca de cobertura com "a cabeça baixa, como um jogador de futebol".

Por outro lado, alguns leitores reclamaram dos ostensivos defeitos de verossimilhança do romance. A. C. McClurg, um general da Guerra de Secessão rejeitou-o como "uma sátira maliciosa dos soldados e dos exércitos americanos" e "mero produto de uma imaginação doentia" que ignorava inteiramente "os homens calmos, viris, dignos e patrióticos, influenciados pelo mais elevado sentido do dever, que na realidade travaram nossas batalhas". William M. Payne, editor do *Dial*, zombou do que ele considerava o método anódino do escritor: "Quase não há história na produção do sr. Crane, apenas um relato, em áspero estilo descritivo, dos pensamentos e sentimentos de um jovem soldado nos seus primeiros dias de luta ativa". Em nítido contraste com as resenhas favoráveis ao romance, o crítico do *Independent* de Nova York afirmou que se tratava simplesmente de uma "massa crua de pseudorrealismo, na qual um homem que evidentemente carece de conhecimento direto da guerra tenta apresentar um quadro americano à maneira de Tolstói. Na verdade, não tem o menor compromisso com a realidade e, como romance, é extremamente repugnante".[9] Muitos outros críticos preferiram ficar no meio do caminho entre esses extremos. Por exemplo, A. C. Sedgwick, no *Nation*, julgou Crane "um escritor bastante promissor da escola animalística",[10] elogio combinado com uma leve condenação. Em suma, *O emblema vermelho da coragem* tornou-o famoso e, não fossem seus gastos excessivos, poderia tê-lo enriquecido.

Mas Crane continuou trabalhando em ritmo furioso. Em novembro de 1896, concordou em escrever sobre a situação política de Cuba para a distribuidora Bacheller. Quando estava aguardando o embarque em Jacksonville, conheceu Cora Taylor, cafetina de um bordel de luxo, que logo passou a viver com ele. Na véspera do Ano-Novo, viajou a Cuba a bordo do barco a vapor *Commodore*, que, devido à explosão de uma caldeira, naufragou ao largo do litoral da Flórida em 2 de janeiro de 1897. Na companhia de três outros homens, passou trinta horas à deriva em um pequeno bote até chegar à terra nas proximidades de Daytona Beach. A experiência inspirou um de seus contos mais famosos, "The Open Boat" [O bote]. Em março, Crane assumiu a missão de, na primavera, cobrir a guerra greco-turca (Guerra dos Trinta

Dias) para os jornais *Hearst* e a distribuidora McClure. Acompanhado de Cora, passou várias semanas no continente antes de se fixar na Inglaterra. Lá conheceu Joseph Conrad e escreveu "The Bride Comes to Yellow Sky" [A noiva chega a Yellow Sky] e "The Blue Hotel" [O Blue Hotel], ambas baseadas em sua viagem ao Oeste no início de 1895. Incumbido de fazer a cobertura da Guerra Hispano-Americana em Cuba para o *World* de Nova York, desembarcou com os fuzileiros navais americanos em Guantánamo em junho de 1898 e morou em Havana de agosto a dezembro, enviando despachos ocasionais. Em dezembro, profundamente endividado, retornou à Inglaterra e passou todo o ano seguinte escrevendo, na inútil tentativa de ganhar o suficiente para aplacar os credores. Crane sofreu uma hemorragia tuberculosa em dezembro de 1899, e sua saúde não tardou a se deteriorar. Morreu seis meses depois em uma cidadezinha da Floresta Negra, no Sul da Alemanha. Em *As verdes colinas da África* (1935), Ernest Hemingway manifestou admiração pelos textos de Crane e, quando lhe perguntaram o que havia acontecido a ele, respondeu: "Ele morreu. É simples. Já estava morrendo desde o começo".[11]

Um dos autores de mais rápido amadurecimento na história da literatura americana, Crane aprimorou, na obra-prima *O emblema vermelho da coragem*, a crueza do estilo naturalista evidente em seu primeiro romance, *Maggie*. Modelou amplamente a batalha de Chancellorsville no começo de maio de 1863, com o regimento de Fleming, o 304º de Nova York, baseado no 124º de Nova York, uma unidade formada em torno a Port Jervis. Mesmo assim, o livro invoca os nomes de não oficiais associados à luta porque, como ele explicou depois, "era essencial transformar a minha batalha em um tipo" para não suscitar a cólera de algum general no campo.[12] Em

O EMBLEMA VERMELHO DA CORAGEM 21

compensação, os personagens de Crane eram arquétipos
— e. g., "o soldado alto", "o jovem", "o soldado barulhento", "o soldado alegre", "o soldado maltrapilho" —, pelo
mesmo motivo pelo qual os quatro personagens de "The
Open Boat" são identificados apenas como o cozinheiro, o
capitão, o lubrificador e o jornalista. Em *O emblema vermelho*, muitos soldados de Crane recebem nome somente
nos diálogos (e. g., Jim Conklin, Henry Fleming, Wilson),
e o único personagem que tem nome em "The Open Boat"
(Billie) só é designado assim também nos diálogos.

O romance geralmente é encarado como uma história de iniciação na grande tradição americana de "My
Kinsman, Major Molineaux" [Meu parente, o major
Molineaux] de Hawthorne, *Redburn* de Melville e *As
aventuras de Huckleberry Finn* de Twain. O cineas-
ta John Huston endossou essa interpretação ao escalar
Audie Murphy, o soldado americano mais condecorado
na Segunda Guerra Mundial, para o papel do herói na
versão cinematográfica lançada em 1951. Mas, na verdade, o romance de Crane confunde os críticos que o ten-
tam ler como um *Bildungsroman*.* Henry Fleming não
cresce nem aprende nada. Ou, como prefere Charles C.
Walcutt: "Cada vez mais, Crane nos faz enxergar Henry Fleming como um boneco emocional controlado pela
visão que tiver no momento, seja ela qual for. [...] A única coisa que se demonstra é que Henry nunca foi capaz
de avaliar sua conduta. [...] Crane parece mostrar claramente que ele não obteve sabedoria ou um autoconhe-
cimento duradouro".[13] Dito de outra forma, o soldado
alto (Jim Conklin) é um adulto responsável no início do
romance; o soldado barulhento (Wilson) torna-se adulto
no seu primeiro dia de combate; mas o jovem (Fleming)
não muda em nada. Continua sendo o otário de suas
ilusões até a última página.

* Romance de formação. (N.T.)

Aliás, foi condicionado desde a infância a albergar ilusões. As ideias que tem da guerra foram colhidas na leitura dos clássicos gregos, particularmente na *Ilíada* de Homero. "Ele leu a respeito de marchas, sítios, conflitos e desejou ver tudo isso", mas agora se desespera porque "já não existem lutas como as gregas". A guerra moderna não era tão nobre nem tão feroz como a dos gregos. Além disso, Henry teme fugir do combate e concebe a guerra (como faria um bom darwinista) como uma provação para testar o caráter: "Tentou provar matematicamente a si próprio que não fugiria de um combate". Na véspera de sua primeira escaramuça, racionaliza que foi coagido a se apresentar como voluntário, que não se alistou de livre e espontânea vontade, que não passa de um fogo-fátuo em um universo naturalista. "Havia barras de ferro feitas de lei e tradição pelos quatro lados." O exército e a guerra são coerentemente descritos com metáforas animais — como "duas serpentes rastejando para fora da gruta da noite", "o animal vermelho", "um enxame feroz de criaturas escorregadias", "o monstro verde e escarlate" —, e o soldado individual não passa de uma engrenagem impessoal na máquina da guerra, "peça de uma imensa manifestação azul", "um membro, não um homem" de sua unidade que "soldava a uma personalidade coletiva" e é "dominada por um único desejo". Confiante no início, ele na batalha "se transforma em outra coisa". Fleming mantém sua posição em um estado de "sopor combatente", mas, durante a segunda carga, trata de se escafeder, pensando que seu regimento está batendo em retirada: "Um homem perto dele [...] saiu correndo, uivando. [...] Também este largou a arma e fugiu. Não havia nenhuma vergonha em seu rosto. Corria, como um coelho". Fleming racionaliza o medo e a agitação em termos naturalísticos: "Fugi, disse consigo, porque o aniquilamento se avizinhava". Errando na floresta, atira uma pinha em um esquilo que "disparou com ruidoso pavor", coisa que ele considera um sinal da natureza. Fugira do perigo exatamente como o esquilo, em "luta pela existência". (Obviamente, as metáforas animais apareceram na literatura antes de Darwin, mas é justo dizer que adquiriram uma ressonância diferente no fim do século XIX, após a publicação de *A origem das espécies*.) Fleming não tarda a reconhecer um segundo sinal da natureza que vem reforçar a lição do primeiro. Vê um animalzinho capturar um peixe em um charco e, a seguir, em uma espécie de capela na mata, topa com o corpo putrefato de um soldado da União, cujos olhos parecem "de um peixe morto". A implicação é clara, pelo menos para Henry: ele não fugira do combate, teria sido caça para o inimigo, abatido qual um peixe. Em suma, como conclui Milne Holton, "Henry se depara com uma natureza darwiniana, de uma natureza 'vermelha no dente e na garra'".[14]

No resto do romance, o aparente "heroísmo" de Fleming consiste simplesmente em atos cegos, instintivos, animalescos de autopreservação. "Esqueceu que estava empenhado em combater o universo", descobre o leitor. "Botou fora seus panfletos mentais sobre a filosofia dos fujões e os mandamentos básicos dos danados." No caos da retirada, Fleming se acerca de outro soldado que, em um surto de raiva, lhe desfere uma coronhada na cabeça, infligindo-lhe um extremamente irônico "emblema vermelho da coragem". (Ou seja, o próprio título do romance exala sarcasmo.) No tumulto, Fleming se encontra com o "soldado maltrapilho", que o constrange com reiteradas perguntas sobre seu ferimento. (Consciência, ao que parece, é simplesmente medo à condenação social, não uma faculdade inata.) Ele também cruza o caminho do "soldado alegre", o único personagem do romance que lhe mostra genuína amabilidade, embora só depois que eles se separam Fleming se dê conta de "que nunca viu seu rosto". E também volta a se encontrar com o amigo Jim Conklin, o "soldado alto", que ele vê sucumbir a seu ferimento, um genuíno "emblema vermelho da coragem". Os vários capítulos seguintes reforçam a noção de guerra como uma implacável luta darwiniana e de violência como a essência da vida. Nesse aspecto, Crane antecipou romances de guerra como *Os nus e os mortos* de Norman Mailer (1948) e *A um passo da eternidade* de James Jones (1951).

Exatamente no centro do romance, o início do capítulo 13 (dos 24 capítulos), Fleming retorna ao seu regimento. Wilson, agora veterano de guerra, exibe "uma bela confiança" e "segurança íntima" em acentuado contraste com o amigo, que continua racionalizando sua conduta do dia anterior: "soubera fugir com dignidade e discrição". Fleming devolve as cartas que Wilson lhe havia confiado para envio na eventualidade de sua morte, apesar de o fazer com complacência: "Era um gesto generoso". Mas logo se subleva contra a ameaça constante de renovada guerra. Sente-se "que nem um gatinho num saco" ou "um gatinho perseguido por moleques [...]. Não era recomendável encurralar homens em becos sem saída; nessas horas, qualquer um podia criar garras e dentes". Para Henry, os soldados pareciam "animais lançados num poço escuro para lutar até a morte". Mais uma vez, reage instintivamente ao perigo. Na batalha seguinte, durante uma investida, "não tinha consciência de estar em pé" e, minutos depois, "não se dá conta de uma trégua" na luta. Terminado o combate, no qual o inimigo é provisoriamente derrotado, "Fora-lhe revelado [note-se a voz passiva] que ele era um bárbaro, uma fera". Mais precisamente, se Fleming não é um herói (e como o havia de ser se sua reação ao perigo não era planejada nem deliberada?), "Era agora *o que chamava de herói*" (grifo nosso). Pegara no sono e, "ao acordar, descobria ser um bravo cavaleiro", pelo menos aos seus olhos.

Ironicamente, nesse momento, ele percebe sua comparativa insignificância no vasto estratagema da guerra. Longe de ser o herói de seus sonhos adolescentes, vê-se reduzido a uma cifra quando ouve um general mandar seu regimento à batalha como carneiros ao matadouro. Fleming vive uma epifania: "o mais assustador foi descobrir subitamente que era muito insignificante". O momento lembra um dos poemas amargamente irônicos de Crane:

Um homem disse ao universo:
"Senhor, eu existo!"
"No entanto", respondeu o universo,
"Esse fato não cria em mim
Nenhum sentimento de obrigação."

Em um estupor, "inconscientemente à frente" de seu regimento, ele leva os compatriotas à batalha, embora depois não tenha a menor ideia de "por que estava lá. [...] o rapaz se perguntou, posteriormente, que motivos teria para estar presente". Tal como outros personagens naturalísticos, Fleming habita um universo não teológico, sem propósito. Ou, como outros soldados em combate, demonstrava "uma ausência de responsabilidade". O romance é totalmente omisso no tocante à questão da escravidão, dos direitos dos Estados ou a qualquer outro motivo geralmente invocado para justificar a guerra. Pelo contrário, o propósito consciente que impele o soldado a lutar foi suplantado pela emoção primitiva ou, pior, pelo "patriotismo" irrefletido. Fleming imagina "afeto desesperado" pela bandeira que simboliza sua nação, tanto que, quando o porta-bandeira tomba morto, ele "deu um salto e agarrou o mastro" para que o emblema não caísse no chão. Chega a erotizar as estrelas e as listras: "Uma mulher vermelha e branca, cheia de ódio e amor, a chamá-lo com a voz de suas esperanças". Ironicamente, Fleming e os outros combatentes avançam quinze metros de vitória para só então perceber seu fracasso. Afinal, não passam de infantes parecidos com peões, "alheios aos propósitos maiores da guerra".

No capítulo final do romance, ele sai de sua dita "loucura bélica". Mas a conclusão do texto preserva ou sustenta sua ambiguidade. Do quarto ao último parágrafo, o personagem declara que "Ele era um homem" — afirmação de seu ingresso na maturidade, frase que, quando lida com franqueza, apoiaria a leitura do romance como uma história de iniciação. Porém, algumas linhas adiante, no penúltimo parágrafo do texto, o leitor fica sabendo que "No calor torturante da guerra tinha virado um bicho suarento, de boca seca". Ao que parece, ser homem é ser animal. Como conclui John Condor: "Longe de introduzir Henry em um mundo de liberdade, no qual ele operará como um agente livre, o último capítulo mostra-o desenvolvendo novas ilusões. São ilusões que o próprio campo de batalha expôs: e. g., a ficção de que as pessoas são livres e, portanto, moralmente responsáveis por seus atos".[15]

Em resumo, é possível ler *O emblema vermelho da coragem* como um romance pacifista tanto quanto se pode assistir, por exemplo, a *Patton, rebelde ou herói?* (1970) como um filme pacifista. Fleming (= lêmingue?) pode simplesmente ser um louco que sofre suas ilusões sem consciência de si, e tal noção requeria uma visão sofisticada. Crane evitou o narrador onisciente, que descreve fidedignamente os fluxos e refluxos da realidade objetiva, tanto quanto o narrador em primeira pessoa, cuja perspectiva está obnubilada pelo caos e confusão da guerra. Preferiu desenvolver um estilo conciso, impressionista e inquietante, em que todos os acontecimentos são mediados ou refletidos pela consciência de Fleming; a única coisa que o leitor enfim acaba conhecendo é o jogo de sua imaginação. Essencialmente, *O emblema vermelho da coragem* narra, por intermédio das impressões de Fleming, os te-

O EMBLEMA VERMELHO DA CORAGEM

mores de um herói irônico ou anti-herói. A realidade só existe na medida em que ele a apreende. A história não só carece de objetividade, a própria noção de realidade é um constructo cambiante, instável e distorcido de sua imaginação e desafia a definição precisa. Em outras palavras, Crane havia começado a desenvolver temas naturalistas em estilo impressionista ou pontilhista. Registre-se que aludiu explicitamente aos impressionistas franceses em seu esboço de "War Memories" [Memórias da guerra] (1899). Como sugere Sergio Perosa,

> *O emblema vermelho da coragem* é um triunfo da visão e da técnica impressionistas. Só uns poucos episódios são descritos desde fora; a mente de Fleming raramente é analisada de modo objetivo e onisciente; pouquíssimos incidentes são *narrados* extensivamente. Quase todas as cenas são filtradas pelo ponto de vista de Fleming e enxergadas pelos seus olhos. Tudo se relaciona com sua *visão*, com sua percepção *sensorial* dos incidentes e detalhes, com suas reações *sensoriais*, não com seus impulsos psicológicos, com suas confusas sensações e impressões individuais.

Perosa acrescenta que verbos como *"ver, notar, olhar, observar, encarar, presenciar, vigiar, fitar, espiar, enxergar, descobrir* etc. aparecem em praticamente todas as páginas, ou seja, nada menos que 350 vezes nesse romance, aliás, bem curto".[16] Ou vejamos esta passagem do capítulo 5: "A certa altura, viu um minúsculo grupo de artilharia correndo na linha do horizonte. Minúsculos homens castigando seus minúsculos animais". Obviamente, Fleming divisa a bateria a uma grande distância; não observa literalmente uma bateria em miniatura. Como James Nagel observa: "Essa cena representa a forma mais simples de dubiedade impressionista, à medida que é a projeção dos dados apreensivos brutos na mente de um personagem".[17] Com muita razão, Joseph Conrad chamou Crane de "*o impressionista*" de sua época;[18] Ørm Øverland sugeriu que, em Crane, o uso da cor tem, "em muitos pontos, grande semelhança com a técnica dos pintores impressionistas",[19] e Eric Solomon sugeriu que *O emblema vermelho* "devia ser qualificado de romance naturalista-impressionista" ou vice-versa.[20]

Na batalha, Fleming percebe um mundo absurdo sem nenhum significado ou explicações, a não ser as que ele inventa. Segundo Thomas L. Kent: "Henry não entende nem o comportamento dos comandantes nem sua situação; perplexo, acha incompreensível o significado de sua experiência".[21] Desde a segunda sentença do romance os soldados se alimentam de boatos e fofocas, não de informação, como que a ilustrar o ditado segundo o qual a primeira vítima da guerra é a verdade. Mesmo no capítulo 16, os caçadores nas trincheiras ainda ouvem rumores "de hesitação e insegurança por parte de ocupantes de cargos elevados". No capítulo 3, antes mesmo de sua primeira experiência de combate, Fleming trata de se distanciar do desespero: "*A certa altura, julgou acreditar que* seria melhor que o matassem logo, acabando com seus tormentos" (grifo nosso). Racionaliza continuamente seu comportamento, como no capítulo 6: "Sentiu que era um bom sujeito". À medida que existem, os valores são experienciais, não transcendentais, como a "sutil irmandade da batalha" entre os soldados ou a "fraternidade misteriosa, nascida da fumaça e do risco de morrer". Em face da evidência de sua extrema insignificância em um universo não teológico, ele adota novas ilusões em vez de enfrentar a verdade da vida.

Tampouco parece aprender a moderar sua reação automática à crise. No conto "The Veteran" [O veterano] (1896), situado trinta anos depois da guerra, Fleming reage a uma emergência como um velho cavalo de bombeiros solto no pasto. "Disciplinado sargento" dispensado do exército, muito ironicamente, o "velho Fleming" tor-

O EMBLEMA VERMELHO DA CORAGEM

nou-se um próspero fazendeiro com esposa idosa, vários filhos e pelo menos um neto. Quando seu estábulo pega fogo, ele mal esboça uma reação para salvar as vacas e os empregados. Mas, na confusão, acaba esquecendo os potros no fundo do estábulo. Quando corre estouvadamente para resgatar "os coitadinhos", como os chama "distraidamente", o telhado desaba. Reagindo sem refletir sobre o perigo, como no romance, Fleming não entende que rumará para a "morte certa" ou o "suicídio" virtual (como percebe seu vizinho) se tentar salvar os potros. E, tal como no romance, essa breve sequência desafia as noções convencionais de coragem. O parágrafo final, com seu peã ao "poderoso espírito do velho, liberto do corpo" que "se dilatava como o gênio de uma fábula", pode ser interpretado como um tributo irônico. A bravura de Fleming talvez não seja mais real que um elfo imaginário.

Sempre iconoclasta, Crane desmistificou o Velho Oeste em "The Bride Comes to Yellow Sky" (1898) e "The Blue Hotel" (1898), assim como ridicularizou a nobreza da guerra em O emblema vermelho da coragem e em seu amargamente irônico poema "Do Not Weep, Maiden, for War is Kind" [Não chore, moça, que a guerra é boa] (1896). Ele parece trilhar o caminho de Roughing It [Vida dura] (1971) de Mark Twain ao ridicularizar o Oeste lendário, embora fizesse questão de dizer que "não gostava" das volumosas obras de Twain: "Quatrocentas páginas de humor são um pouco demais para mim".[22] Em "The Bride Comes to Yellow Sky", Crane parodiou efetivamente o tiroteio eletrizante de The Virginian [O virginense] (1902) quatro anos antes que Owen Wister publicasse seu romance. O herói Jack Potter, xerife recém-casado de Yellow Sky, volta à cidadezinha do oeste do Texas com a esposa, avatar ou agente da civilização da Costa Leste, e, logo ao desembarcar do trem, é obrigado a enfrentar o pistoleiro Scratchy Wilson, o "último da antiga gangue que se homiziava ao longo do rio". Embora seja obrigado a duelar e matar o vilão Trampas — muito a contragosto de sua cara-metade —, o virginense Potter consegue enganar Wilson em seus devaneios etílicos, explicando que está desarmado e é recém-casado, ao que Wilson, anticlimaticamente, vai embora, cambaleante, deixando "pegadas afuniladas na pesada areia". Como observaram vários críticos, a imagem final conota uma ampulheta, sugerindo que, com o casamento do xerife, o pistoleiro passa a pertencer a uma velha ordem cujo tempo passou. A esposa de Potter não é a primeira no vilarejo; o narrador conta que "em Yellow Sky, as pessoas casavam a seu bel-prazer". No entanto, o fato de o xerife contrair matrimônio significa que ele levou um mínimo de ordem e segurança à fronteira e não corre grande perigo de morrer jovem nas mãos de delinquentes. Conquanto seja a personagem-título, a esposa não tem nome, pois sua identidade é menos importante que seu casamento e sua chegada ao povoado.

De modo semelhante, em outro conto, Crane parodiou o romance barato de faroeste (*dime novels*) com seus personagens-tipo e enredos sensacionais. Ambientado em um mundo simbólico de puro acaso, "The Blue Hotel" apresenta um sueco estereotipado que, além de tolo, é ingênuo e se embriaga facilmente. ("The Veteran" também mostra um trabalhador sueco que vai à cidade de carroça "para se embebedar".) Hospedando-se em um hotel de Fort Romber, Nebrasca, com suas conotações de criança brincando, o sueco se acredita perdido no Oeste selvagem. Condicionado pela leitura de *dime novels*, bem como Fleming se deixou influenciar pela *Ilíada* de Homero, ele presume que "muitos homens foram mortos" no saguão daquele hotel e espera "ser assassinado antes que eu saia desta casa!". O hoteleiro Scully (= cabeçudo), um bairrista, procura convencê-lo de que Fort Romper está progredindo e, com seus projetos de linha de bonde elétrico, um ramal ferroviário desde uma cidade vizinha, quatro igrejas, uma escola de alvenaria e uma fábrica, está fadada a ser uma "me-tró-po-le". Até mesmo o retardado caubói Bill, uma caricatura do caubói lendário do Oeste, percebe que "Isto aqui é Nebrasca", não um remoto vilarejo do Oeste. Sem embargo, quando o sueco, encharcado do uísque de Scully, acusa Johnnie, o degenerado filho de Scully, de trapacear no baralho, o jogo descamba para uma troca de socos na nevasca em frente ao hotel. Isto é, como explica James Ellis, a história passa "do microcósmico jogo de trunfo, no qual os jogadores jogam suas cartas, para o macrocósmico jogo de azar, no qual os próprios jogadores passam a ser cartas jogadas pelo Destino".[23] Depois de surrar Johnnie, o sueco vai do hotel para o *saloon* vizinho, enfrentando a intempérie no caminho. "Nós imaginamos o mundo repleto de humanidade triunfante e alegre", escreve Crane,

> mas ali, com o redobrar dos clarins da tempestade, era difícil imaginar uma terra povoada. Então se enxergava a existência do homem como um milagre e se concedia um *glamour* de assombro a esses piolhos agarrados a um bulbo girante, crestado, congelado, enfermo e perdido no espaço.

Crane jamais escreveu uma frase tão sardônica. Ao entrar no *saloon*, o sueco compra briga com um jogador profissional, uma versão decadente dos jogadores cavalheirescos John Oakhurst e Jack Hamlin na ficção de Bret Harte, que o esfaqueia e mata. No balcão, a caixa registradora oferece uma cruel conclusão da história: "Registro do valor da sua compra". É como se a morte do sueco estivesse predestinada.

Estava? Caracteristicamente, Crane dá à história uma conclusão do tipo "A dama ou o tigre", conto de Frank Richard Stockton. Uma conclusão é rigidamente determinista, a outra, uma afirmação da "agência humana". No último capítulo, o caubói e o jornalista Blanc, um repórter (e a *persona* de Crane) sem participação nos fatos, encontram-se vários meses depois. Blanc explica que Johnnie de fato trapaceara no jogo, de modo que todos os personagens principais que não interferiram na troca de socos "colaboraram para o assassinato daquele sueco". (Ao responder, o caubói idiota profere as últimas palavras do conto: "Ora, eu não fiz nada, fiz?".) Nesse final alternativo, Crane explica a morte do sueco conforme a doutrina da cumplicidade de seu mentor Howells. No romance *The Minister's Charge*, Howells faz um personagem afirmar que "Ninguém [...] pecou nem sofreu unicamente por si".[24] Qualquer uma dessas conclusões alternativas funciona, posto que sejam filosoficamente incompatíveis. De fato, ao sugerir que qualquer interpretação é válida, Crane ilustra as limitações de toda teoria da ficção que pretenda explicar o mistério do comportamento humano. Certa vez, Crane escreveu que Howells "desenvolveu sozinho um pequeno credo artístico que eu achei bom. Depois, descobri que o meu credo era idêntico ao de Howells e Garland".[25] Mas exagerou sua afinidade com "o decano das letras americanas". À medida que amadureceu como escritor, tornou-se cada vez mais cético com todos os credos e ideologias.

Assim como desmistificou o Oeste em "The Bride Comes to Yellow Sky" e "The Blue Hotel", em seu esquete "A Self-Made Man" (1899), Crane inaugurou uma tradição menor de tratamento satírico do bem-sucedido conto de Horatio Alger, a qual incluiria *The Vegetable, or From President to Postman* de F. Scott Fitzgerald (1923), *A Cool Million* de Nathanael West (1934) e *JR* de William Gaddis (1975). É provável que Crane conhe-

O EMBLEMA VERMELHO DA CORAGEM

cesse a obra de Alger: os dois moraram em Nova York na década de 1890 e, durante algum tempo, tiveram o mesmo editor, Frank Leslie. Além disso, consta que o esquete de Crane possivelmente parodiou um romance específico de Alger, *Tom Tracy, or the Trials of a New York Newsboy* (1887). A estrutura do esquete de Crane certamente inverte a fórmula de Alger: o herói irônico Tom, um imprestável sem sorte, nem garra, nem virtude, encontra seu irônico protetor, um velho analfabeto que enriqueceu vendendo terra sem valor no Oeste. Juntos, eles enquadram o filho esnobe do velho, que o andava roubando. O esnobe, que alega "apenas ter tomado emprestado" o dinheiro, devolve tudo ao velho, que se muda para a mesma pensão que o herói. Tom adquire a muito imerecida fama de haver "aberto o caminho da fortuna sem ajuda de ninguém, só com sua garra indomável, sua energia incansável e sua integridade a toda prova". Além disso, tal como o herói típico de Alger, que adota o próprio nome como insígnia de respeitabilidade no fim do romance, Tom se torna Thomas G. Somebody nos últimos parágrafos do esquete. Assim como os resenhadores do século XIX criticavam os contos juvenis de Alger devido a sua improbabilidade e ênfase na sorte, Crane satirizou o escritor simplesmente condensando fatos banais e exagerando os defeitos óbvios de sua ficção.

Em "The Open Boat", baseado nas tribulações do próprio Crane quando do naufrágio do *Commodore* ao largo da costa da Flórida em 1897, quatro personagens à deriva em um bote salva-vidas correm risco de se afogar. A história é quase irretocável no naturalismo, na descrição da luta pela existência contra as forças de uma natureza indiferente, senão hostil. Como em *O emblema vermelho da coragem*, os valores só existem na medida em que são desejados ou criados pelos personagens. Esse grupo de homens despretensiosos — um cozinheiro, um jornalista, o capitão e o lubrificador — cumprem seus deveres de boa vontade, particularmente revezando-se na remadura da embarcação, e compartilham charutos e água. O jornalista — outra *persona* de Crane —, embora tivesse aprendido a ser "um homem cínico", deu-se conta de que aquela "era a melhor experiência de sua vida".

Como os soldados de *O emblema vermelho da coragem*, os quatro colaboram a fim de aumentar a chance de sobrevivência mútua em face de uma agrura comum. "A obrigação do homem aos remos era de manter o barco aproado para que a inclinação das vagas não o virasse." "Seria difícil descrever a sutil fraternidade humana que se estabeleceu aqui no mar." Eles eram "amigos em um grau mais curiosamente férreo que o comum". Em tais circunstâncias, a "ética de sua situação" era "decididamente oposta a qualquer sugestão franca de desesperança. De modo que se calaram". Para aumentar a "segurança comum", para maximizar a chance de sobrevivência, cada qual deve praticar o poder do pensamento positivo. Ademais, à beira do aniquilamento, a "distinção entre certo e errado parece absurdamente clara", e o jornalista "entende que, se lhe fosse dada outra oportunidade, retificaria sua conduta e suas palavras e seria melhor e mais inteligente durante uma apresentação ou à mesa do chá". No contexto, para uma pessoa em perigo de morte, a "distinção entre certo e errado" não passa de um código de conduta polida.

A primeira frase do conto — "Nenhum deles sabia a cor do céu" — ressalta as incertezas epistemológicas dos homens. Não sabem exatamente onde estão nem a natureza exata das ameaças que enfrentam entre os tubarões e os elementos. Seu refrão "engraçado, eles não nos veem" e sua conversa desarticulada na parte IV epitomam as excentricidades e a incompreensibilidade de seu mundo. As tentativas de fazer sinal para as pessoas na praia consistem em uma série de tragicômicos mal-

O EMBLEMA VERMELHO DA CORAGEM

-entendidos, por exemplo, quando eles tomam por um salvador um banhista que agita alegremente os braços ou quando confundem um ônibus de turistas com o barco que esperam que seja lançado de um posto salva-vidas. Essa parte da história, com seu diálogo não referencial, lembra o moderno teatro do absurdo. Assim como Fleming sente sua insignificância na batalha em *O emblema vermelho da coragem*, os homens em "The Open Boat" enfrentam um universo indiferente, muito bem representado pela "alta estrela fria em uma noite de inverno", que aflige o jornalista com um desânimo cósmico, e uma torre de ventos abandonada que se ergue "de costas para as vicissitudes das formigas". A natureza "não lhe pareceu cruel então, nem benéfica, nem traiçoeira, nem sábia. Era indiferente, totalmente indiferente". Só na última frase, com três dos homens a salvo em terra, a história abre a possibilidade de comunicação genuína: "então eles sentiram que podiam ser intérpretes".

Mas, em uma ironia final, só três dos quatro náufragos chegam a terra ilesos. Quando estão manobrando o barco rumo à praia e este vira na onda, "em sua pressa, o lubrificador ia à frente" enquanto os homens nadam para a praia. Ou seja, ele estava entre os "mais aptos", os que deviam sobreviver segundo o paradigma darwiniano. Em nenhuma outra parte as convicções darwinianas de Crane se evidenciam mais que em seu poema "The Trees in the Garden Rained Flowers" ['As árvores do jardim choviam flores'] (1899), uma parábola segundo a qual aqueles que acumulam "grandes montes — / Tendo oportunidade e habilidade" são "Mais fortes, mais ousados, mais astutos" do que os frágeis, que só acumulam "flores ao acaso". Ironicamente, porém, a "lei" darwiniana parece ter exceções. O lubrificador é o único a morrer no mar tentando chegar à praia. Morre, como sugere Solomon, "por não ter assimilado a lição do mar aprendida ainda *no* bote — o valor da ação grupal — e porque, obedecendo a seu próprio húbris, acabou abandonando o grupo".[26] Ou talvez ele seja simplesmente azarado, uma vítima do acaso atingida pelo bote atirado à praia por uma vaga.

Mais que qualquer escritor americano de sua geração, Stephen Crane apontou para o modernismo literário. Que outro autor, antes da virada do século xx, teria descrito os homens no bote salva-vidas de um ponto de vista *acima* deles no alto-mar? No entanto, Crane adota precisamente essa perspectiva em um momento da história: "Vista de um terraço, a coisa toda seria, sem dúvida, estranhamente pitoresca". A modulação do ponto de vista choca o leitor tanto quanto Hemingway surpreenderia o público se, no meio de "A vida breve e feliz de Francis Macomber" (1936), a narrativa mudasse subitamente para o ponto de vista de um leão. Não admira que Hemingway considerasse Crane o autor de dois contos magníficos, "The Open Boat" e "The Blue Hotel". Hemingway também reimprimiu *O emblema vermelho da coragem* na íntegra, em sua antologia *Men at War: The Best War Stories of All Time* (1942), porque o achava "um dos melhores livros da nossa literatura".[27] Tampouco admira que, em 1950, o poeta modernista John Berryman tenha publicado uma das primeiras biografias de Crane. Os melhores textos de Stephen Crane agradam a sensibilidade moderna, e, como o bom vinho ou o conhaque seleto, parecem ganhar sutileza quanto mais envelhecem.

# Notas

1   *The Correspondence of Stephen Crane*, Stanley Wertheim e Paul Sorrentino (eds.), Columbia University Press, Nova York, 1988, p. 323.

2   Ibid., p. 99.

3   W. D. Howells, "Life and Letters", *Harper's Weekly*, 8 de junho de 1895, pp. 532-3; Hamlin Garland, "Books of the Day", *Arena* 8 (junho de 1893), pp. XI-XII.

4   *The Crane Log: A Documentary Life of Stephen Crane 1871-1900*, Stanley Wertheim e Paul Sorrentino (eds.), Hall, Nova York, 1994, pp. 91-2.

5   George Wyndham, "A Remarkable Book", *New Review* 14 (janeiro de 1896), pp. 30-40. [Edward Marshall], *Press*, Nova York, 13 de outubro de 1895, v, p. 5; Harold Frederic, "Stephen Crane's Triumph", *New York Times*, 26 de janeiro de 1896, p. 22.

6   *Correspondence*, op. cit., pp. 207, 249, 214.

7   Edwin Oviatt, "J. W. De Forest in New Haven", *New York Times Saturday Review*, 17 de dezembro de 1898, p. 856.

8   *Correspondence*, op. cit., p. 322.

9   "The Best Recent Novels", *Independent*, Nova York, 21 de novembro de 1895, p. 1579; William M. Payne, "Recent Fiction", *Dial*, 1º de fevereiro de 1896, p. 80; A. C. McClurg, "The Red Badge of Hysteria", *Dial*, 16 de abril de 1896, pp. 227-8.

10  A. C. Sedgwick, *Nation*, 2 de julho de 1896, p. 15.

11 Ernest Hemingway, *The Green Hills of Africa*, Scribner's, Nova York, 1935, p. 16.

12 *Correspondence*, op. cit., p. 161.

13 Charles C. Walcutt, *American Literary Realism: A Divided Stream*, University of Minnesota Press, Minneapolis, 1956, pp. 79, 81, 82.

14 Milne Holton, *Cylinder of Vision: The Fiction and Journalistic Writing of Stephen Crane*, Louisiana State University Press, Baton Rouge, 1972, p. 100.

15 John Condor, *Naturalism in American Fiction: The Classic Phase*, University Press of Kentucky, Lexington, 1984, p. 63.

16 Sergio Perosa, "Naturalism and Impressionism in Stephen Crane's Fiction", in *Stephen Crane: A Collection of Critical Essays*, Maurice Bassan (ed.), Prentice-Hall, Englewood Cliffs, N.J., 1967, p. 88.

17 James Nagel, *Stephen Crane and Literary Impressionism*, Penn State University Press, University Park, 1980, p. 60.

18 *Joseph Conrad: Life and Letters,* George Jean-Aubry (ed.), Doubleday, N.Y. Garden City, 1927), pp. 211-2.

19 Ørm Øverland, "The Impressionism of Stephen Crane: A Study in Style and Technique", in *Americana Norvegica,* Sigmund Skard e Henry H. Wasser (eds.), University of Pennsylvania Press, Filadélfia, 1966, I, p. 248.

20 Eric Solomon, *Stephen Crane: From Parody to Realism,* Harvard University Press, Cambridge, 1966, p. 76.

21 Thomas L. Kent, "The Problem of Knowledge in 'The Open Boat' and 'The Blue Hotel'", *American Literary Realism* 14 (outono de 1981), pp. 262-8.

22 *Correspondence*, op. cit., p. 566.

23 James Ellis, "The Game of High-Five in 'The Blue Hotel'", *American Literature* 49 (novembro de 1977), p. 440.

24 W. D. Howells, *The Minister's Charge*, Ticknor and Co., Boston, 1887, p. 458.

25 *Correspondence*, op. cit., p. 63.

26 Solomon, op. cit., p. 174.

27 Ernest Hemingway, *Men at War*, Bramhill, Nova York, 1942, p. XVII.

# O emblema vermelho da coragem

# I*

O frio deixava a terra com relutância, e a neblina em dispersão revelou um exército estirado ao pé dos morros, repousando. Quando a paisagem mudava do pardo para o verde, o exército acordou e começou a tremer de ansiedade ao rumor dos boatos. Os olhos inspecionavam as estradas, que aos poucos deixavam de ser compridas valas de lama líquida para se tornarem ruas de verdade. Um rio cor de âmbar nos trechos sombreados pelas margens rumorejava a seus pés, e à noite, quando o leito adquiria um pretume desconsolador, podia se ver do outro lado os olhinhos vermelhos das fogueiras do acampamento inimigo, acomodado nas bordas mais baixas dos morros distantes.

De repente, um soldado alto tomou coragem e foi resolutamente lavar uma camisa num riacho próximo. Voltou correndo, sacudindo a peça de roupa como um estandarte. Estava cheio de si com a história que ouvira de um amigo confiável, que a ouvira de um soldado da cavalaria incapaz de mentir, que a ouvira do confiabilíssimo irmão dele, um dos ordenanças do quartel-general da divisão. O soldado assumiu o ar imponente de um arauto vestido em ouro e carmim.

---

* Todas as notas de rodapé são do tradutor. As notas numeradas, do editor, encontram-se ao final do livro.

"Vamos levantar acampamento amanhã — com certeza", disse, em tom convencido, a um grupo reunido na rua. "Vamos subir o rio, atravessar, e rodeá-los por trás." Então, para uma plateia atenta, traçou um plano grandioso e complicadíssimo de uma brilhante campanha. Quando terminou, os homens de azul se dividiram em pequenos grupos de debate entre as filas de barracas marrons atarracadas. Um carroceiro negro, que estivera dançando sobre um barril de biscoitos diante das risadas de incentivo de uma dupla de soldados, foi abandonado e sentou-se, emburrado. A fumaça subia preguiçosamente de uma multidão de chaminés tortas.

"Mentira! É isso mesmo, mentira! Mentira da grossa", disse um outro soldado, aos berros; seu rosto de traços suaves estava corado, e as mãos, enfiadas nos bolsos da calça, indicavam contrariedade: tomava aquilo como afronta. "Esse exército velho de guerra não vai se mexer nunca. Estamos atolados aqui. Já me preparei pra levantar acampamento umas oito vezes em duas semanas e até agora, nada."

O praça alto se viu obrigado a defender a veracidade do boato que espalhara. Ele e o gritalhão chegaram bem perto de trocar sopapos.

Um cabo começou a praguejar. Tinha acabado de botar um dispendioso piso de tábuas em sua barraca, explicou. No início da primavera, resistira à tentação de fazer melhorias no local por achar que o exército partiria a qualquer momento. Nos últimos tempos vinha tendo a impressão de que viviam num acampamento eterno.

Muitos dos homens se empenharam em animadas discussões. Um deles esboçou de maneira notavelmente lúcida os planos do general-comandante. Encontrou a oposição dos que defendiam a existência de outros planos de campanha. Gritavam uns com os outros, todos tentando inutilmente chamar a atenção. Enquanto isso, o soldado que

O EMBLEMA VERMELHO DA CORAGEM

trouxera o boato andava por toda parte, atarefado, cheio de importância. Assaltavam-no sem parar com perguntas.

"O que que há, Jim?"

"O exército vai levantar acampamento."

"Ah, que história é essa, homem? Como é que você sabe?"

"Acredite se quiser, você é que sabe. Estou me lixando. Pouco me importo."

Seu jeito de responder dava o que pensar. Quase convenceu todo mundo pelo simples desdém com que encarava a obrigação de apresentar provas. A excitação ia crescendo.

Havia um jovem soldado raso ouvindo atentamente as palavras do rapaz alto e os comentários variados de seus companheiros. Depois de se abastecer de discussões sobre marchas e assaltos, caminhou até sua barraca e rastejou pelo complicado buraco que servia de porta. Desejava estar sozinho com certos pensamentos novos que lhe ocorriam.

Deitou-se no vasto beliche que se estendia de um lado a outro do aposento. Junto à parede oposta, caixas de biscoito serviam de mobília, agrupadas em torno da lareira precária. Uma gravura tirada de uma revista semanal estava pregada nas toras da parede; três rifles descansavam, paralelos, suspensos por pregos. Algum equipamento pendia de saliências providenciais nas toras, pratos de estanho repousavam numa pilha de lenha. Uma lona dobrada fazia as vezes de telhado. O sol lá fora castigava, dando-lhe um brilho amarelo pálido. Uma pequena janela projetava um retângulo oblíquo de luz mais clara sobre o chão atravancado de tralhas. De vez em quando a fumaça da fogueira esquecia a chaminé, enroscando-se quarto adentro, e essa frágil chaminé de barro e sua lenha ardente faziam intermináveis ameaças de incendiar o estabelecimento.

O jovem estava mergulhado num transe atônito. Então iam lutar, enfim. Na manhã seguinte, talvez, haveria uma batalha, e ele estaria nela. Por algum tempo, teve de fazer certo esforço para acreditar. Não podia aceitar sem hesitação a ideia de estar prestes a se envolver num desses grandiosos acontecimentos do mundo.

Claro, havia sonhado com batalhas a vida inteira — vagos conflitos sanguinolentos que o impressionavam com seu poder de fogo e arrebatamento. Em sua mente, já se vira participando de muitos combates. Imaginava as pessoas em segurança à sombra de sua bravura vigilante. Acordado, porém, encarava as batalhas como rubros borrões nas páginas do passado. Arquivara-as entre as coisas de antigamente, ao lado das imagens mentais que fazia de coroas pesadas e castelos altos. Havia uma parcela da história do mundo que ele considerava a época das guerras, mas esse tempo, pensava, havia muito sumira no horizonte, e para sempre.

Ainda em sua casa, seus olhos juvenis haviam encarado a guerra no seu próprio país com suspeita. Devia ser algum tipo de encenação. Fazia tempo que perdera a esperança de presenciar um combate à moda grega. Tal coisa já não há, dissera. Os homens estavam melhores — ou mais tímidos. A educação leiga e a religiosa haviam apagado o instinto de esganar; talvez os interesses financeiros mantivessem as paixões sob controle.

Muitas vezes sentira a tentação de se alistar. Histórias de grandes feitos sacudiam a terra. Talvez não fossem distintamente homéricas, mas parecia haver nelas muita glória. Lia sobre marchas, cercos, conflitos, remoendo-se de desejo de ver tudo aquilo. Sua mente atarefada pintava-lhe quadros imensos, de cores extravagantes, cheios de façanhas espantosas.

A mãe o desencorajara. Ela fingira encarar com desdém seu patriotismo e seu ardor guerreiro. Era capaz de, calma e aparentemente sem dificuldade, apresentar-lhe algumas centenas de razões pelas quais ele era de importância muito maior na fazenda do que na frente de batalha. Certas

O EMBLEMA VERMELHO DA CORAGEM

expressões que ela usava davam a entender que seus argumentos provinham de uma arraigada convicção. Além disso, pesava a favor da mãe a crença do jovem de que, nessa questão, ela tinha uma motivação ética inabalável.

Por fim, ele se rebelara firmemente contra essa luz amarela projetada sobre as cores de suas ambições. Os jornais, o falatório na vila, sua própria imaginação — tudo o excitara a um ponto incontrolável. Estavam mesmo lutando que era uma beleza, por lá. Quase todos os dias os jornais traziam relatos de uma vitória decisiva.

Certa noite, deitado em sua cama, chegaram-lhe com o vento as badaladas da igreja, alguém mais animado se pendurava na corda do sino para proclamar as notícias distorcidas de uma grande batalha. Aquele som de gente jubilosa dentro da noite o fez estremecer, extasiado, por um longo tempo. Mais tarde, foi até o quarto da mãe e disse:

"Mãe, vou me alistar."

"Henry, não seja tolo", respondeu a mãe, e cobriu o rosto com a colcha.

O assunto estava encerrado por aquela noite.

Na manhã seguinte, ele foi à cidade mais próxima da fazenda e aderiu à companhia que se formava ali. Quando voltou para casa, a mãe ordenhava a vaca malhada. Quatro outras aguardavam na fila.

"Mãe, me alistei", disse timidamente.

Houve um breve silêncio.

"A vontade do Senhor será feita, Henry", ela respondeu enfim, e voltou a ordenhar a vaca malhada.

Quando estava na porta com as roupas de soldado nas costas e, nos olhos, uma luz de expectativa emocionada ofuscando quase inteiramente o fulgor de pesar por tudo o que o prendia em casa, ele viu duas lágrimas riscando suas trilhas no rosto maltratado da mãe.

Para sua decepção, ela não disse nada sobre seu regresso com o escudo ou em cima dele.[1] Tinha se preparado para uma cena bonita. Aprontara certas frases que imaginava usar com efeito comovente. Mas as palavras dela arruinaram-lhe os planos. Descascando batatas com obstinação, a mãe disse o seguinte: "Abre o olho, Henry, e toma muito cuidado com esse negócio aí de guerra — abre o olho e toma muito cuidado! Não vai imaginando que dá pra liquidar o exército rebelde todo de uma vez porque não dá; você é só um hominho pequeno lá no meio dum montão. Tem de ficar bem quieto e fazer o que eles mandam. Eu te conheço, Henry.

"Tricotei oito pares de meias pra você, Henry, e botei na mochila as camisas melhores. Quero ver o meu menino tão agasalhado e quentinho quanto qualquer um no exército. Se tiver algum buraco, você manda de volta na mesma hora, pra cerzir.

"E toma muito cuidado o tempo todo, escolhe bem as suas companhias. Tem muita gente ruim no exército, Henry. Eles ficam todos malucos no exército, não tem nada que gostem mais do que a façanha de desencaminhar os rapazes novinhos feito você, que nunca ficaram muito tempo longe de casa e sempre tiveram mãe, e ensinar eles a beber e falar palavrão. Fica longe dessa gente, Henry. Eu quero que você nunca faça nada, Henry, que faça você ter vergonha de me contar. Pensa que eu estou sempre olhando. Se você pensar assim sempre, acho que sai dessa.

"Lembra também do seu pai, filho, e lembra que ele nunca bebeu uma gota de álcool na vida dele, e quase nunca jurava pela cruz.

"Não sei o que mais eu posso falar, Henry, a não ser, meu filho, que você não deve nunca tirar o corpo fora por minha causa. Se chegar a hora de ser sem-dó e fazer uma coisa bruta, aí, Henry, não pense em nada a não ser no que é certo, porque tem muita mulher sofrendo essas penas hoje em dia, e o Senhor vai cuidar de nós todas.

"Não esquece as meias e as camisas, filho. Botei um vidro de geleia de amora com o resto, sei que você gosta

O EMBLEMA VERMELHO DA CORAGEM

mais do que tudo no mundo. Adeus, Henry. Toma cuidado, e seja um bom menino."

Ele tinha, naturalmente, ficado inquieto durante a provação desse discurso. Não era bem o que esperava, suportou-o com ar de irritação. Partiu sentindo um vago alívio.

Quando parou no portão e olhou para trás, viu a mãe ajoelhada entre cascas de batata. Sua face queimada de sol, erguida, estava banhada em lágrimas, seu corpinho miúdo era sacudido por tremores. Ele abaixou a cabeça e foi embora, subitamente sentindo vergonha de seus propósitos.

De casa foi à escola dizer adeus a uns tantos colegas. Cercaram-no, cheios de espanto e admiração. Ao sentir o abismo que agora os separava, enchera-se de um orgulho sereno. Com alguns companheiros que também vestiam azul, foi cumulado de regalias a tarde inteira, o que era uma perfeita delícia. Mostravam-se empertigados.

Uma certa jovem de cabelos claros divertiu-se muito com seu espírito marcial, mas havia uma outra de cabelos escuros, que, quando ele a fitou com intensidade, julgou ter visto se acabrunhar, triste com a visão dos botões de lata sobre o azul. Mais tarde, indo embora pela alameda de carvalhos, ele se voltou e a viu debruçada a uma janela, observando sua partida. Ela imediatamente começou a olhar para o céu, através dos galhos altos das árvores. Ele enxergou uma boa dose de embaraço e excitação naquela mudança de atitude. Lembraria disso com muita frequência.

A caminho de Washington,[2] seu ânimo chegara às nuvens. Estação após estação, o regimento foi alimentado e bem tratado até o jovem começar a acreditar que já devia ser um herói. Houve pródiga gastança de pães, salames, café, picles e queijo. Colhendo cuidadosamente os sorrisos das moças e sendo saudado com tapinhas nas costas pelos velhos, sentira crescer em seu íntimo a força necessária para o desempenho dos grandes feitos de armas.

48 STEPHEN CRANE

Então, depois de uma viagem complicada, com muitas paradas, vieram aqueles meses de vida monótona no acampamento. Ele havia imaginado que a guerra de verdade seria uma série de combates mortais com breves intervalos para o sono e as refeições, mas, desde que seu regimento entrara em campo, o exército pouco fazia além de ficar sentado, tentando se manter aquecido.

Foi sendo gradualmente conduzido de volta a suas velhas ideias. Combate à moda grega não haveria. Os homens estavam melhores, ou mais tímidos. A educação leiga e religiosa apagara o instinto de esganar; talvez os interesses financeiros mantivessem as paixões sob controle.

Acabou aprendendo a se ver como peça de uma imensa manifestação azul. Cabia-lhe cuidar o melhor possível de seu próprio conforto. Para se distrair, podia girar os polegares e tentar adivinhar os pensamentos que se revolviam nas cabeças dos generais. Nos exercícios, exercícios e revistas, e exercícios, exercícios e revistas.

Os únicos inimigos que vira foram as sentinelas espalhadas pela margem do rio, um pessoal bronzeado e filosófico que às vezes atirava por reflexo nas sentinelas azuis do outro lado. Quando repreendidas, em geral se diziam consternadas, jurando pelos deuses que as armas haviam disparado sem permissão. O jovem, de guarda certa noite, conversou com uma delas por cima da correnteza. Era um homem meio esmolambado, que cuspia habilmente entre os sapatos e possuía vastas reservas de uma afável segurança infantil. O jovem gostou dele.

"*Yank*",* dissera o outro, "você é um sujeito danado de bom."

---

* Forma abreviada de *yankee*, como eram chamados no Sul os soldados do Norte, que lutaram pela unidade dos Estados Unidos sob a presidência do abolicionista Abraham Lincoln na Guerra de Secessão (1861-5).

O EMBLEMA VERMELHO DA CORAGEM

O sentimento veio flutuando até ele no ar parado e o fez lamentar temporariamente que houvesse uma guerra. Diversos veteranos contavam histórias. Uns falavam de hordas grisalhas e barbadas que avançavam em meio a uma densa nuvem de palavrões, mascando fumo com bravura indizível; tropas formidáveis de uma soldadesca feroz que varria a terra como bandos de hunos. Outros relatavam casos de homens maltrapilhos, eternamente famintos, que disparavam pólvora fraca. "Eles atravessam o fogo dos infernos pra botar a mão num embornal, sabe como é: a barriga não aguenta muito", disseram-lhe. As histórias faziam o jovem imaginar ossos vermelhos aparecendo, vivos, através dos uniformes rasgados. Mas não podia acreditar sem reservas no que diziam os veteranos, pois suas vítimas eram recrutas. Falavam muito em fumaça, fogo e sangue, mas não dava para dizer o quanto daquilo era mentira. Estavam sempre gritando: "Peixe fresco!".[3] Não se podia confiar neles.

Percebia agora, porém, que não tinha grande importância contra que tipo de soldados lutaria, contanto que lutassem, fato que ninguém contestava. Havia um problema mais sério. Deitado no beliche, refletiu longamente sobre o assunto. Tentou provar matematicamente a si mesmo que não fugiria de uma batalha.

Até então, jamais se sentira obrigado a se atracar a sério com a questão. A vida inteira admitira certas coisas sem parar para pensar muito, jamais duvidando da vitória final e preocupando-se muito pouco com os meios e caminhos para chegar lá. Agora via-se diante de um problema seriíssimo. Subitamente, parecia-lhe que talvez fugisse de uma batalha. Era forçado a admitir que, em relação à guerra, nada sabia de si.

Algum tempo atrás, teria deixado o problema de molho nos fundos de sua mente, mas dessa vez foi obrigado a lhe dar atenção.

Um pequeno pânico começou a crescer em sua mente. A imaginação previu um combate e via nele medonhas possibilidades. Contemplando as ameaças sorrateiras do futuro, embora se esforçasse, não conseguia ver-se de pé, impávido, no meio delas. Recordou suas visões de glória e espadas partidas, mas, à sombra do tumulto iminente, desconfiou que fossem todas impossíveis.

Pulou da cama e começou a andar pra lá e pra cá.

"Meu Deus, o que há de errado comigo?", disse, em voz alta.

Sentia que, naquela crise, as leis que pautavam sua vida eram inúteis. Seja lá o que houvesse aprendido a respeito de si, não serviria pra nada. Ele era uma quantidade indeterminada. Percebeu que mais uma vez teria de pesquisar, como nos tempos de menino. Precisava acumular informações a seu respeito e, ao mesmo tempo, manter-se alerta para que aquela faceta inteiramente ignorada de seu caráter não o desgraçasse para sempre.

"Meu bom Deus!", repetiu, aflito.

Depois de algum tempo o praça alto escorregou com destreza pelo buraco. O praça gritalhão o seguiu. Discutiam.

"Certo, certo", disse o praça alto ao entrar abanando a mão de um jeito expressivo. "Acredite se quiser, você é que sabe. É só esperar sentado, quietinho, e logo vai ver que eu estou certo."

O companheiro deu um grunhido de teimosia. Por alguns instantes, pareceu estar procurando uma boa resposta. Então disse: "Você não sabe tudo no mundo, sabe?".

"Não disse que sabia tudo no mundo", rebateu vivamente o outro. Começou a enfiar coisas variadas na mochila já cheia.

O jovem, interrompendo suas nervosas idas e vindas, olhou aquela figura ocupada. "Vai ter batalha mesmo, no duro, Jim?", disse.

"Claro que vai", respondeu o praça alto. "Claro que vai. Espera só até amanhã, e você vai ver uma das maiores que já teve. Espera só."

"Não brinca!", disse o jovem.

"Ah, você vai ver um combate dessa vez, meu rapaz, um combate de respeito, de sair lasca pra todo lado", acrescentou o soldado, com o ar de quem estivesse prestes a exibir uma batalha para entreter os amigos.

"Hum!", fez o gritalhão lá do canto.

"Bom", observou o jovem, o mais provável é que essa história acabe feito as outras."

"Feito as outras é que não vai", replicou o alto, irritado. "Feito as outras é que não vai. Então a cavalaria não partiu hoje de manhã?" Encarou os outros dois, mas ninguém refutou a afirmativa. "A cavalaria partiu hoje de manhã", ele continuou. "Dizem que quase já não tem cavalaria no acampamento. Eles vão pra Richmond,[4] ou um lugar desses, enquanto nós combatemos todos os Johnnies,[5] um despiste assim. O regimento também já recebeu ordens. Um sujeito que viu eles indo pro quartel-general me contou agora há pouco. E estão acendendo fogueiras no acampamento inteiro, isso qualquer um pode ver."

"Conversa!", disse o gritalhão.

O jovem ficou algum tempo em silêncio. Afinal, dirigiu-se ao soldado alto.

"Jim!"

"O quê?"

"Como você acha que o regimento vai se sair?"

"Ah, eles vão lutar direito, eu acho, quando entrarem na briga", disse o outro, judicioso e ponderado. "O pessoal goza muito porque eles são novos, claro, e tudo o mais; mas eu acho que eles vão lutar muito bem."

"Acha que alguém vai fugir?", insistiu o jovem.

"Ah, talvez um ou outro, sim, em qualquer regimento tem gente desse tipo, ainda mais quando vão pro primeiro fogo", disse o outro, tolerante. "Claro que pode acontecer de sair todo mundo correndo, se calhar de ser um combate mais cruento logo na primeira vez, mas também pode acontecer o contrário, todo mundo ficar e brigar com gosto. Não dá pra apostar em nada. Claro que eles nunca foram pro fogo, e por isso é bem difícil imaginar que vão acabar com o exército rebelde assim, duma vez, logo no batismo. Mas eu acho que eles vão lutar melhor do que muita gente, embora pior que os outros. É o que eu penso. Chamam o regimento de 'peixe fresco' e tudo o mais, mas os rapazes têm estofo, a maioria vai começar a lutar assim que começar a mandar bala", acrescentou, enfatizando as quatro últimas palavras.

"Oh, você pensa que sabe —", começou a dizer com desprezo o praça gritalhão.

O praça alto partiu ferozmente para cima dele. Seguiu-se um rápido bate-boca, no qual pespegaram um no outro várias alcunhas estranhas.

O jovem enfim os interrompeu. "Algum dia você achou que podia acabar fugindo, Jim?", perguntou, concluindo a sentença com uma risadinha, como se fosse uma brincadeira.

O gritalhão também deu uma risadinha. O praça alto fez um meneio com a mão.

"Bom", disse, com ar grave, "eu já imaginei que pode acabar ficando quente demais pro Jim Conklin aqui, e, se boa parte do pessoal começar a fugir, bom, aí acho que vou acabar fugindo também. E se eu começar a correr, ah, vou correr que nem a peste, com certeza. Agora, se todo mundo aguentar firme, lutando, aí fico e luto. Por tudo que é sagrado, fico e luto! Pode apostar!"

"Hum!", disse o gritalhão.

O nosso jovem sentiu-se grato com essas palavras do companheiro. Receara que todos os soldados inexperientes fossem dotados de grande segurança. Até certo ponto, agora estava tranquilo.

## 2

Na manhã seguinte, o jovem descobriu que seu companheiro alto fora o veloz portador de um engano. Zombaram bastante do soldado todos os que, no dia anterior, tinham aderido firmemente às suas opiniões, e até os que não haviam acreditado no boato destilaram sarcasmo. Ele acabou brigando com um sujeito de Chatfield Corners, em quem aplicou uma boa surra.

Logo o jovem percebeu que não fora de forma alguma aliviado da carga de seu problema. Pelo contrário, dera-se uma prorrogação irritante. A história criara nele uma séria preocupação consigo mesmo. Agora, com esse novo problema inchando na cabeça, era obrigado a voltar ao papel de mera peça numa manifestação azul.

Durante dias fez cálculos sem fim, todos grotescamente frustrantes. Descobriu que nada poderia ser aquilatado. Terminou por concluir que a única maneira de provar seu valor era entrar no fogo e, num sentido figurado, vigiar suas pernas para descobrir as virtudes e os defeitos que pudessem ter. Com alguma relutância, rendeu-se à evidência de que era impossível sentar-se e, com um lápis e um papel mentais, chegar a uma resposta. Para isso precisava de fogo, sangue e perigo, da mesma forma que um químico não pode abrir mão disso e daquilo em suas experiências. Passou a ansiar por uma oportunidade.

Nesse meio-tempo, tentava medir seu valor pelo dos companheiros. O praça alto, por exemplo, o reconfortava um pouco. O jeito calmo e despreocupado daquele homem lhe infundia certa confiança porque o conhecia desde a meninice e, tomando por base essa intimidade, não via como o sujeito pudesse ser capaz de qualquer coisa de que não fosse também capaz. Era possível, porém, que o companheiro estivesse enganado a seu próprio respeito. Por outro lado, podia ser um homem condenado até aquele momento à paz e à obscuridade enquanto, na verdade, sempre fora talhado para brilhar na guerra.

O jovem gostaria muito de encontrar alguém com semelhantes dúvidas. Uma troca solidária dessas anotações mentais seria um grande prazer para ele.

De vez em quando, procurava sondar um companheiro com frases aliciantes. Procurava à sua volta os que parecessem ter essa mesma disposição. Falhavam, porém, todas as suas tentativas de trazer à tona qualquer afirmativa que pudesse ser considerada uma confissão das suspeitas que, secretamente, reconhecia em si. Receava declarar abertamente seus problemas e assim dar munição a algum confidente inescrupuloso, que o ridicularizasse do alto de seus próprios medos inconfessados.

Com relação aos companheiros, sua mente oscilava entre duas opiniões, dependendo de seu humor. Às vezes, inclinava-se a acreditar que todos fossem heróis. Na verdade, em geral intimamente admitia a superioridade de certas qualidades elevadas dos outros. Concebia uma imagem desses indivíduos cuidando de suas vidas banais, enquanto, todo o tempo, carregavam reservas secretas de coragem. Embora conhecesse muitos dos companheiros desde a infância, começou a temer que seu julgamento sobre eles houvesse padecido de alguma cegueira. Em outros momentos, ria dessas teorias, dizendo a si mesmo que, no fundo, os colegas estavam cheios de dúvidas e temores.

Essas emoções lhe davam um sentimento estranho na presença de homens que falavam com exaltação da batalha próxima como se ela fosse uma peça de teatro para a qual tinham ingressos, com expressões que nada denunciavam além de entusiasmo e curiosidade. Muitas vezes suspeitava que fossem mentirosos.

No entanto, não dava abrigo a esses pensamentos sem se condenar severamente. Em algumas ocasiões, jantava reprimendas. Foi julgado culpado em seu próprio tribunal de vários crimes vergonhosos contra os deuses das tradições.

Em sua ansiedade, o coração do jovem não cessava de se queixar do que via como intolerável lerdeza dos generais, que pareciam bastante satisfeitos em permanecer tranquilamente pousados às margens do rio, enquanto ele se curvava sob o peso de enormes problemas. Queria ardentemente dar o próximo passo. Já não podia sustentar aquela carga, dizia para si. Às vezes, quando a raiva que sentia dos comandantes atingia um nível crítico, saía praguejando pelo acampamento como um veterano.

Certa manhã, por fim, viu-se pronto e em formação, com todo o regimento. Os homens sussurravam especulações, repassando velhos boatos. No lusco-fusco antes da aurora, seus uniformes tinham uma pálida cintilação de azul-arroxeado. Do outro lado do rio, os olhos vermelhos continuavam espiando. Para o leste, o céu exibia uma brilhante trilha amarela, como um tapete desenrolado para os pés do sol que vinha chegando; contra esse fundo, decalcado em negro, avolumava-se o gigantesco vulto do coronel em seu gigantesco cavalo.

De algum lugar na escuridão vinha o som de pés calcando a terra. Aqui e ali, o jovem via sombras escuras movendo-se como monstros. O regimento ficou em formação de descanso pelo que pareceu um longo tempo. Ele foi perdendo a paciência. A maneira como conduziam aquele negócio era intolerável. Perguntava-se quanto tempo ainda teriam que esperar.

Olhava em torno de si, tentando enxergar na escuridão. Começou a acreditar que a qualquer momento a paisagem explodiria em chamas e o clamor de uma batalha chegaria aos seus ouvidos. A certa altura, imaginou que os olhos vermelhos do outro lado do rio cresciam, como as pupilas de uma horda de dragões voando naquela direção. Voltando-se, viu o coronel erguer seu gigantesco braço e afagar calmamente o bigode.

Depois de algum tempo, escutou, vindo pela estrada ao pé da colina, o matraquear dos cascos de um cavalo a galope. Deviam ser as ordens chegando. Curvou-se, quase sem respiração. O incrível pocotó-pocotó, cada vez mais alto, parecia ressoar em sua alma. Por fim, um cavaleiro de arreios tilintantes deteve-se diante do coronel do regimento. Os dois entabularam uma rápida conversa, de palavras curtas. Os homens nas filas da frente esticaram os pescoços.

O cavaleiro manobrou o animal e, antes de sair a galope, gritou por cima do ombro:

"Não esqueça aquela caixa de charutos!"

O coronel limitou-se a grunhir em resposta. O jovem se perguntou o que uma caixa de charutos teria a ver com a guerra.

Pouco depois o regimento marchava escuridão adentro, também ele transformado agora num daqueles monstros que se deslocavam com muitos pés. O ar estava cheio de um orvalho frio e pesado. As botas arrancavam um farfalhar sedoso da grama molhada.

Nas costas daqueles imensos répteis rastejantes faiscava de vez em quando uma cintilação de aço. Da estrada, onde canhões de aparência aterradora eram arrastados, vinha um surdo trovão pontuado por rangidos.

Os homens iam aos trancos, ainda cochichando especulações. Instalou-se um debate discreto. A certa altura um soldado caiu, e tentava recuperar seu rifle quando um companheiro, desatento, pisou em sua

O EMBLEMA VERMELHO DA CORAGEM 57

mão. O que teve os dedos machucados soltou impropérios cabeludos em voz alta. Uma risadinha abafada percorreu as fileiras.

Finalmente chegaram a uma estrada e puderam marchar com passadas fáceis. Um regimento soturno ia à frente; da retaguarda, vinha também o tinido do equipamento nos corpos de homens em marcha.

O amarelo impetuoso do dia nascente surgiu às suas costas. Quando os raios do sol bateram plena e jovialmente sobre a terra, o rapaz viu que a paisagem era cortada por duas colunas longas, negras e finas, que desapareciam no topo do morro à sua frente e, na retaguarda, mergulhavam em um bosque. Eram como duas serpentes rastejando para fora da gruta da noite.

O rio não estava à vista. O praça alto começou a se vangloriar do que julgava ser sua perspicácia.

Alguns companheiros gritaram, enfáticos, que eles também haviam deduzido a mesma coisa, e se congratularam por isso. Mas, segundo outros, o plano apresentado pelo rapaz alto não era de maneira alguma o verdadeiro. Insistiam em teorias diferentes. Seguiu-se uma acalorada discussão.

O jovem não participou dela. Enquanto marchava em fila descuidada, dedicava-se à mesma discussão interior de sempre. Não havia como não chafurdar nela. Sentia-se desnorteado, abatido, lançava compridos olhares em torno de si. Quando olhava para a frente, era na expectativa de ouvir lá da dianteira o estrépito dos tiros.

Mas compridas serpentes vagarosamente rastejavam de um morro ao outro, sem rompantes de fumaça ou turbulência. Uma nuvem parda de poeira flutuava à direita. Sobre as cabeças, o céu era de um azul de fábula.

O jovem estudou os rostos de seus companheiros, sempre alerta para captar emoções semelhantes às que sentia. Sofreu uma decepção. Havia no ar um ardor que fazia os veteranos se moverem com alegria, quase cantando, o que contagiara o regimento de novatos. Os homens começaram a falar de vitórias como se fossem íntimos delas. O praça alto sentia-se desagravado. Era evidente que fariam a volta para atacar o inimigo por trás. Muitos expressavam comiseração pelos que tinham sido deixados tomando conta das margens do rio, felicitando-se uns aos outros por pertencerem às hostes de assalto.

O jovem, sentindo-se alheio a tudo, se aborrecia com os discursos festivos que circulavam entre os soldados. Todos os bufões da companhia desempenhavam seus melhores números. O regimento marchava ao som de gargalhadas.

O praça gritalhão mergulhava filas inteiras em convulsões com as tiradas sarcásticas dirigidas ao soldado alto. Não demorou muito, todos os rapazes pareceram esquecer da missão. Brigadas inteiras riam em uníssono, regimentos gargalhavam.

Um soldado bem gordo tentou furtar um cavalo do pátio em frente a uma casa. Pretendia despejar no lombo do animal o peso de sua mochila. Estava escapando com o prêmio quando uma menina novinha saiu correndo da casa e agarrou o bicho pela crina. Seguiu-se uma altercação. A menina, de bochechas rosadas e olhos brilhantes, mantinha-se impassível como uma estátua.

O regimento, a essa altura parado na estrada, descansando, pulou na mesma hora e tomou com entusiasmo o partido da jovem donzela. Os homens se envolveram tanto com o episódio que se esqueceram completamente da guerra maior. Vaiaram o praça-pirata, chamando a atenção para vários defeitos em sua aparência; e freneticamente apoiavam a menina.

De alguma distância, chegou a ela o conselho audacioso. "Bate nele com um porrete!"

Quando o gordo começou a se afastar sem o cavalo, vaias e assobios foram despejados sobre ele. O regimento comemorava sua derrota. Congratulações ruidosas saudaram a donzela, que ficou ali, ofegante, olhando para a tropa com ar de desafio.

À noitinha, a coluna se dividiu em regimentos, distribuindo-se aos pedaços pelos campos, para acampar. Barracas brotaram como plantas estranhas. Fogueiras de campanha, curiosas flores vermelhas em botão, pontilhavam a noite.

O jovem evitou contato com os companheiros até onde permitiam as circunstâncias. Mais tarde, afastou-se alguns passos para dentro da noite. Àquela pequena distância, as numerosas fogueiras, com as formas negras de homens passando para lá e para cá diante dos raios rubros, produziam impressões satânicas e sobrenaturais.

Deitou-se na grama. As folhas pressionavam ternamente seu rosto. A lua fora acesa e pairava suspensa da copa de uma árvore. A quietude líquida da noite o envolvia, levando-o a sentir uma infinita pena de si mesmo. Havia algo de acariciante na brisa, e a disposição geral da escuridão parecia ser de franca compaixão por ele em sua dor.

Desejou abertamente estar em casa, cumprindo mais uma vez a rotina interminável de idas e vindas entre a casa e o celeiro, o celeiro e os campos, os campos e o celeiro, o celeiro e a casa. Lembrou-se de que muitas vezes amaldiçoara a vaca malhada e suas companheiras e que, algumas vezes, chegara a jogar longe o banquinho da ordenha. De seu novo ponto de vista, porém, parecia que um halo de felicidade rodeava a cabeça de cada um daqueles animais. Sacrificaria de bom grado todos os botões de metal das colônias se pudesse voltar para elas. Disse a si mesmo que não fora feito para ser um soldado; com gravidade, refletia sobre tudo o que o distinguia radicalmente daqueles homens que gingavam como duendes em volta das fogueiras.

Enquanto cismava, escutou um farfalhar de pés na grama. Voltou a cabeça e viu o praça gritalhão. Chamou-o: "Ei, Wilson!".

O sujeito aproximou-se, olhando para baixo. "Ei, olá, Henry; é você mesmo? O que está fazendo aqui?"

"Nada, pensando", disse o jovem.

O outro sentou-se e acendeu cuidadosamente o cachimbo.

"Você está ficando abatido, rapaz. Está com a cara mais desolada do mundo. Que diabo está acontecendo com você?"

"Hum, nada", disse o jovem.

Foi quando o soldado gritalhão se lançou ao passatempo de antever a batalha. Falava com voz exultante, o rosto juvenil contorcido num esgar sorridente de prazer.

"Estão no papo agora! Até que enfim, por tudo o que é sagrado, vamos liquidar com a raça deles. Porque, pra falar a verdade", ele adicionou, sobriamente, "eles podem ter levado todas de nós até agora. Só que desta vez, desta vez quem vai ganhar é a gente!"

"Pensei que outro dia mesmo você fosse contra essa marcha", disse o jovem com frieza.

"Ah não, não era isso", explicou o outro. "Não me incomodo de marchar, se tiver uma batalha no fim. O que eu detesto é esse negócio de ficar indo pra lá e pra cá e no final das contas, até onde dá pra perceber, só ganhar dor nos pés e pouca ração."

"Bom, o Jim Conklin diz que vamos ter uma batalha das boas dessa vez."

"Acho que ele está certo, pra variar, por incrível que pareça! Dessa vez, vai ter uma batalha das grandes, e nós vamos dar um jeito nisso com certeza! Ah, pisar naquela gente!"

Levantou-se e, na excitação, começou a caminhar de um lado para o outro. O entusiasmo dava elasticidade a seus passos. Saltitava, cheio de vigor e fogo na certeza da vitória. Olhava o futuro com limpidez e orgulho, praguejando como um veterano.

O jovem observou-o em silêncio por alguns instantes. Quando falou, sua voz tinha um amargor de borra de café. "Sei, você vai realizar grandes façanhas."

O praça gritalhão soprou uma nuvem de fumaça com ar pensativo. "Ah, não sei", observou, cheio de dignidade. "Não sei. Acho que vou me sair tão bem quanto os outros. Pelo menos, vou tentar feito um louco." Era evidente que estava muito satisfeito consigo mesmo por ser tão modesto.

"Como você sabe que não vai fugir quando chegar a hora?", perguntou o jovem.

"Fugir?", disse o gritalhão. "Fugir? Mas é claro que não!", e deu uma gargalhada.

"Bom", prosseguiu o jovem, "muita gente decente já ficou imaginando que ia fazer e acontecer e, quando chegou a hora, deu no pé."

"É, acho que você tem razão", replicou o outro, "mas eu não vou dar no pé. Quem apostar nisso vai perder dinheiro, é só o que eu posso dizer", completou, confiante.

"Ah, conversa fiada!", disse o jovem. "Você não é o homem mais corajoso do mundo, é?"

"Não, não sou", exclamou o gritalhão, indignado; "nem disse que era. Disse só que ia fazer a minha parte na batalha — foi o que falei. E vou fazer a minha parte na batalha. Quem você pensa que é, afinal? Fala como se fosse Napoleão Bonaparte!" Olhou para o jovem com raiva por um momento e foi embora.

Com voz alterada, o rapaz gritou para o companheiro que se afastava: "Ei, não precisa ficar tão bravo!". Mas o outro seguiu caminho sem responder.

Sentiu-se inteiramente só no mundo quando o colega magoado desapareceu na noite. O fracasso em descobrir qualquer migalha de semelhança em seus pontos de vista aumentava sua infelicidade. Tudo parecia indicar que ninguém tinha um problema íntimo tão tenebroso. Era um pária mental.

Dirigiu-se lentamente à sua barraca e se estendeu sobre um cobertor ao lado do praça alto, que roncava. No escuro, teve visões de um medo monstruoso, com mil línguas, que babavam em suas costas e o forçavam a sair correndo, enquanto os outros homens mantinham o sangue-frio em benefício dos interesses da pátria. Reconheceu que não seria capaz de lidar com aquele monstro. Sentia que cada nervo em seu corpo ia se converter num ouvido para captar-lhe a voz, enquanto o resto do pessoal permaneceria inabalável e surdo.

Suando sob a tortura desses pensamentos, ouviu vozes baixas e serenas. "Aposto cinco." "Subo pra seis." "Sete." "Sete está bom."

Ficou olhando para o vermelho bruxuleante que o fogo projetava na parede branca da barraca até que, exausto e enjoado da monotonia de sua dor, caiu no sono.

# 3

Quando veio a noite seguinte, as colunas estavam transformadas em correntes arroxeadas e atravessavam duas pontes flutuantes. Uma enorme fogueira tingia de vinho as águas do rio. Iluminando as tropas que passavam, as chamas faziam brotar aqui e ali reflexos súbitos de ouro e prata. Na margem oposta, escura e misteriosa, uma cadeia de morros descrevia uma curva contra o céu. Os insetos da noite cantavam solenemente.

Após a travessia, o jovem disse para si mesmo que a qualquer momento seriam súbita e brutalmente atacados por homens entocados na vegetação baixa. Ficou olhando com atenção para o escuro.

Em todo o caso, o regimento seguiu sem ser molestado até uma área de acampamento, e os soldados dormiram o sono justo dos exauridos. De manhã, foram dispersados com grande energia matinal e tocados por uma picada estreita que conduzia floresta adentro.

Foi durante essa rápida caminhada que o regimento perdeu muitas das marcas de uma tropa de calouros.

Os homens começaram a contar as milhas nos dedos, cada vez mais cansados. "Dor nos pés e pouca comida, só isso", disse o praça gritalhão. Por toda parte eram resmungos e suor. Depois de algum tempo estavam se livrando de suas mochilas. Alguns simplesmente as jogavam no chão, outros as escondiam cuidadosamente, declarando planos de vir buscá-las na hora conveniente. Homens arrancavam camisas grossas. Logo, poucos carregavam qualquer coisa além da roupa básica, cobertor, embornal, cantil, armas e munição. "Agora só dá pra você comer e atirar", disse o praça alto para o jovem. "Pra que mais?"

Houve uma súbita mudança. A infantaria espessa e lenta da teoria tornou-se ligeira e veloz na prática. O regimento, livre de um peso, ganhou ímpeto renovado. Mas foi uma considerável perda de mochilas valiosas e excelentes camisas.

Contudo, a aparência do regimento ainda não era a de uma tropa experimentada. Regimentos de veteranos costumavam ser grupos muito pouco numerosos. Certa vez, quando o comando tinha acabado de chegar ao campo, alguns veteranos que perambulavam por ali, verificando o comprimento das colunas, abordaram-nos: "Ei, amigos, que brigada é essa?". Quando ouviram a resposta de que formavam um regimento e não uma brigada,[6] os outros riram muito. "Minha nossa!", disseram.

Além disso, a semelhança entre os bonés era grande demais. Os bonés de um regimento deviam contar a história de uns tantos anos da arte bélica de cobrir cabeças. Se isso não bastasse, as bandeiras que carregavam não tinham uma única letra dourada esmaecida. Eram novas e bonitas, com mastros que os porta-estandartes não descuidavam de polir.

Depois de algum tempo, sentaram-se mais uma vez para pensar. O aroma dos pinheiros serenos estava em todas as narinas. Um som monótono de golpes de machado ecoava pela floresta, e os insetos, balançando as cabeças nos galhos, entoavam melodias de antigamente como se fossem um bando de velhas. O jovem voltou à sua teoria de triste demonstração.

No entanto, na curta madrugada cinzenta, foi chutado na perna pelo praça alto e, antes de acordar inteiramente, viu-se correndo por uma estrada no meio da mata, entre homens que começavam a resfolegar pelo esforço repentino. O cantil batia ritmadamente contra suas coxas; o embornal chacoalhava. O rifle dava um salto em seu ombro a cada passada, ameaçando a estabilidade do boné sobre sua cabeça.

Podia ouvir os homens bufando frases entrecortadas: "Ei, o que que está acontecendo?". "Por que cargas--d'água a gente... está dando no pé?" "Billie... cuidado com o meu... pé! Você corre... feito uma vaca!" De repente, ouviu-se a voz esganiçada do praça alto: "Mas que diacho de pressa é essa?".

O jovem achou que a neblina úmida da madrugada provinha do esforço conjunto de uma multidão de corpos na corrida. Da distância veio um súbito pipocar de tiros.

Atordoou-se. Correndo com seus companheiros, fez um grande esforço para pensar, mas a única coisa que sabia era que, se levasse um tombo, os que vinham atrás iriam pisoteá-lo. Precisava usar todas as suas faculdades para contornar obstáculos e pular sobre eles. Sentia-se carregado pela multidão.

O sol espalhava raios reveladores; um por um os regimentos foram aparecendo, como se aqueles homens armados acabassem de brotar da terra. O jovem compreendeu que chegara a hora. Estava prestes a ser avaliado. Por alguns instantes, diante do tribunal grandioso, sentiu-se como um bebê, a camada de carne sobre o coração de repente estava muito fina. Diminuiu a velocidade para dar uma boa olhada à sua volta.

Percebeu de imediato que seria impossível escapar do regimento. Ele o engolfava. Havia barras de ferro feitas de lei e tradição pelos quatro lados. O jovem corria dentro de uma caixa ambulante.

Reconhecendo esse fato, ocorreu-lhe que jamais desejara ir para a guerra. Não tinha se alistado voluntariamente. Fora sugado pelo governo impiedoso. E agora o levavam para o abatedouro.

O regimento escorregou por um barranco e começou a atravessar pesadamente um riacho. O rumor da correnteza era triste e, de dentro d'água, ocultas na sombra, grandes pupilas brancas fitavam os homens. Quando subiam pelo barranco do outro lado, rebentou o fogo de artilharia. Nesse momento o jovem se esqueceu de muitas coisas. Sentindo um súbito impulso de curiosidade, escalou o barranco com uma rapidez que nem mesmo um homem com sede de sangue conseguiria superar.

Queria ver a guerra.

Havia algumas clareiras cercadas e espremidas pela floresta. Sobre a vegetação rasteira do descampado e entre os troncos das árvores, viu pontinhos e linhas ondulantes de atiradores que corriam de um lado para o outro, mandando bala na paisagem. Um risco preto era a batalha, um risco na capoeira alaranjada de sol. Tremulava uma bandeira.

Outros regimentos subiam o barranco. A brigada adotou formação de combate e, depois de um breve intervalo, começaram a rodear pela mata os atiradores, que às vezes sumiam de vista para reaparecer adiante. Estavam sempre ocupados feito abelhas, profundamente absortos em suas pequenas rusgas.

O jovem tentava observar tudo. Não cuidava de evitar galhos e árvores, seus pés descuidados batiam sempre nas pedras e se enroscavam em raízes. Percebeu que aquelas falanges e suas comoções estavam bordadas em vermelho fulgurante num tecido macio de acolhedores verdes e castanhos. Parecia o lugar errado para um campo de batalha.

Os guerreiros em ação o fascinavam. Atirando em arbustos e em árvores destacadas na distância, invocavam tragédias — ocultas, misteriosas, solenes.

O batalhão encontrou o cadáver de um soldado deitado de costas, fitando o céu. Vestia uma estranha fatiota marrom-amarelada. O jovem viu que as solas de

O EMBLEMA VERMELHO DA CORAGEM                        67

seus sapatos estavam gastas, da espessura de um papel
de carta, e de um imenso rasgão numa delas projetava-
-se tristemente um dos pés do morto. Era como se o
destino houvesse traído o soldado. Na morte, ele ex-
punha aos inimigos a pobreza que em vida escondera,
quem sabe, até dos amigos.

A fila fez uma volta para evitar o defunto. Invulnerável, o morto conquistava seu espaço. O jovem olhou intensamente para o rosto cinzento. O vento agitava-lhe a
barba fulva, que se movia como se fosse acariciada. Desejou vagamente ficar dando voltas e voltas em torno do
corpo, olhando para ele; era impulso dos vivos procurar
nos olhos dos mortos a resposta à grande Questão.

Ao longo da caminhada, o ardor de que fora tomado ao ouvir a batalha rapidamente se transformou em
coisa nenhuma. Sua curiosidade se satisfazia facilmente. Se alguma cena intensa o tivesse capturado em seu
enlevo irracional no momento em que chegara à borda
do barranco, talvez arremetesse com entusiasmo. Essa
caminhada furtiva no meio da natureza era plácida demais. Dera-lhe a chance de refletir, questionar-se, sondar suas sensações.

Ideias absurdas o dominaram. Concluiu que não gostava da paisagem. Era ameaçadora. Sentiu um frio na es-
pinha, e suas calças pareceram ficar subitamente folgadas.

Uma casa placidamente instalada num campo distante adquiria um ar sinistro. A penumbra da mata era
tremenda. Teve certeza de que ocultava uma infinidade
de olhos ferozes na tocaia. De repente lhe ocorreu que,
evidentemente, os generais não tinham a menor ideia do
que estavam fazendo. Aquilo era uma armadilha. Logo a
mata fechada se arrepiaria com os canos de espingardas.
Brigadas férreas fechariam a retaguarda e seriam todos
sacrificados. O inimigo acabaria por engolir o batalhão
inteiro. O jovem movia o olhar feroz em torno, esperando ver a aproximação sorrateira de sua própria morte.

68 STEPHEN CRANE

Achou que devia fugir e alertar os companheiros. Não era preciso que morressem todos como porcos; era o que aconteceria, com certeza, se não fossem informados do perigo. Os generais eram idiotas de fazê-los marchar em linha reta, e, no exército inteiro, só um par de olhos enxergava a verdade. Decidiu dar um passo à frente e fazer um discurso. Palavras cheias de fogo e emoção vieram-lhe aos lábios.

A fila, quebrada em pequenos grupos pela própria natureza da caminhada, seguia calmamente, cortando bosques e capoeiras. O jovem olhou para os homens ao seu redor e viu na maior parte deles expressões de profundo interesse, como se investigassem algo que os fascinava. Um ou dois andavam com a determinação exagerada de quem já estivesse em plena batalha. Outros, como se caminhassem sobre gelo fino. A maioria dos noviços estava quieta, absorta. Iam ver a guerra, a besta vermelha — a guerra, esse deus sanguinário. Estavam profundamente envolvidos nessa marcha.

Olhando para eles, teve de conter na garganta o grito de desespero. Compreendeu que, ainda que estivessem tremendo de medo, ririam de seu alerta. Zombariam, talvez até lhe atirassem coisas. Admitindo para si mesmo que pudesse estar errado, uma declaração estouvada como aquela o reduziria ao nível de um verme.

Adotou então o aspecto de alguém que sabe estarem todos condenados e, no entanto, guarda segredo, assumindo a responsabilidade. Foi ficando para trás, dirigindo olhares trágicos para o céu.

De repente, surpreendeu-se com o jovem tenente da companhia a bater nele com a espada, cheio de entusiasmo, enquanto gritava com insolência:

"Vamos lá, jovem, entre na fila! Nada de ficar amuadinho aqui." Apurou o passo com a pressa que se impunha. Odiou o tenente, que não compreendia as mentes elevadas. Era uma cavalgadura, nada mais.

O EMBLEMA VERMELHO DA CORAGEM 69

Depois de algum tempo, a brigada se deteve dentro de uma catedral de luz filtrada no meio da floresta. Os atarefados combatentes ainda trocavam tiros. Podia-se ver a fumaça de seus rifles, subindo em bolinhas, brancas e compactas, nas aleias por entre os troncos.

Durante essa parada, muitos homens do regimento começaram a erigir pequenos morrotes diante de si. Usavam pedras, galhos, terra, qualquer coisa que julgassem capaz de desviar uma bala. Alguns construíram barreiras relativamente grandes, outros se contentaram com montículos.

Esse procedimento provocou uma discussão entre os homens. Alguns queriam lutar como duelistas, julgando que o certo seria ficar bem ereto e ser um alvo dos pés à testa. Afirmavam desprezar as artimanhas dos cautelosos. Os outros riram deles e apontaram os veteranos em seus flancos, que cavavam o chão feito cachorros. Em pouco tempo havia uma considerável barricada à frente das hostes guerreiras. Logo em seguida veio a ordem de sair dali.

Isso atordoou o jovem, que a essa altura já se esquecera de sua birra contra a marcha. "Muito bem, então pra que trouxeram a gente até aqui?", perguntou ao praça alto. Este se atirou com fé imperturbável em uma densa explicação, embora tivesse sido forçado a abandonar um abrigo de terra e pedras ao qual dedicara cuidado e perícia.

Quando o batalhão foi alinhado em outro lugar, a preocupação de cada homem com sua própria segurança fez surgir uma segunda fila de pequenas fortificações. Na hora do almoço, comeram as rações atrás de uma terceira. Deixaram esta também. Eram tocados de um lugar para o outro sem qualquer propósito aparente.

Tinham ensinado ao jovem que, na batalha, todo homem se transforma em outra coisa. Para quem depositava sua salvação nessa metamorfose, a espera era uma tortura. Estava febril de impaciência. Pareceu-lhe que as manobras denotavam a total desorientação dos generais. Começou a se queixar com o praça alto. "Não aguento muito mais não. Qual é o sentido de ficar gastando as pernas pra nada?" Queria voltar para o acampamento, já sabendo que a história inteira era mesmo uma tristeza, ou entrar logo no fogo e descobrir como fora tolo de duvidar que fosse, sim, um homem de perfeita coragem. A tensão da espera era intolerável.

Filosófico, o praça alto contemplou um sanduíche de biscoito com carne de porco antes de engoli-lo com indiferença. "Bom, acho que a gente vai ter de fazer o reconhecimento da região pra impedir que eles cheguem muito perto, ou pra atiçá-los, sei lá eu."

"Hum!", fez o gritalhão.

"Sabe", gritou o jovem, nervoso, "eu preferiria fazer alguma coisa que não fosse só bater perna por aí sem proveito pra ninguém, ainda por cima gastando as nossas forças."

"Eu também", disse o gritalhão. "Não está certo. Vou te contar, se alguém com um pingo de juízo estivesse à frente desse exército..."

"Ora, cala essa boca!", rugiu o soldado alto. "Seu idiota, seu maldito estrupício. Não faz seis meses que botou esse casaco e essas calças e já fala que nem..."

"É, mas eu quero combater, entendeu?", o outro cortou. "Não vim aqui pra andar. Eu já podia ter andado até em casa, e depois ter ficado rodeando o celeiro, se eu quisesse só andar..."

Muito vermelho, o praça alto engoliu outro sanduíche como um desesperado que toma veneno.

Enquanto mastigava, porém, foi recuperando o ar plácido e satisfeito. Na presença daqueles sanduíches, era incapaz de sustentar a fúria numa discussão por muito tempo. Durante as refeições, tinha sempre um ar de extasiada apreciação da comida que engolia. Era como se seu espírito entrasse em comunhão com os alimentos.

O praça alto aceitava novos ambientes e circunstâncias com grande serenidade, comendo de seu embornal sempre

O EMBLEMA VERMELHO DA CORAGEM 71

que tinha uma chance. Marchando, ia com passos de caçador, sem reclamar da distância ou puxada. Não ergueu a voz quando o mandaram abandonar três montinhos de terra e pedra, cada um deles um feito de engenharia digno de ser consagrado em nome de sua avó.

À tarde, o regimento retrocedeu sobre os passos da manhã. A paisagem já não parecia ameaçadora ao jovem. Tinha estado ali, agora a conhecia.

Entretanto, quando começaram a avançar sobre uma nova região, os velhos temores de burrice e incompetência voltaram a assaltá-lo. Dessa vez, deixou-os tagarelando sozinhos. Estava concentrado em seu problema, e naquele estado de desconsolo concluiu que a estupidez dos generais não tinha muita importância.

A certa altura, julgou acreditar que seria melhor que o matassem logo, acabando com seus tormentos. Desse modo, vislumbrando a morte com o canto do olho, concebeu-a como um descanso, nada mais, e por alguns instantes chegou a se encher de espanto por ter feito tal confusão por algo tão prosaico como morrer. Sim, ia morrer, seria levado para algum lugar onde o compreenderiam. Era inútil esperar que homens como o tenente reconhecessem seus belos, profundos sentimentos. Só na cova conseguia vislumbrar compreensão.

O fogo das escaramuças cresceu até se tornar um longo som de matraca. Misturavam-se a ele gritos distantes de êxtase. Tambores rufaram.

Logo o jovem viu tropas fugindo. Tiros de mosquete as perseguiam, e em pouco tempo os quentes e perigosos clarões dos rifles se fizeram visíveis. Nuvens de fumaça cruzavam a cena com lentidão insolente, como fantasmas atentos. O fragor veio num crescendo, feito o estardalhaço de um trem que se aproxima.

Uma brigada perto deles, à direita, entrou em ação com um estrondo cortante. Foi como se tivesse explodido. Depois ficou lá, deitada no chão, atrás de um muro cinza que exigia mais de uma olhada para se ter certeza de que era mesmo de fumaça.

O jovem, esquecido de seu bonito plano de morrer, assistia a tudo, enfeitiçado. Seus olhos estavam bem abertos, ocupados com o movimento da cena, e a boca, meio escancarada.

Sentiu de repente uma mão pesada e triste pousar em seu ombro. Despertando daquele transe, voltou-se e viu o praça gritalhão.

"É minha primeira e última batalha, meu velho", disse ele, com intensa melancolia.

Estava pálido, e seus lábios ligeiramente femininos tremiam.

"Hein?", murmurou o jovem, abismado.

"É minha primeira e última batalha, velho", prosseguiu o gritalhão. "Alguma coisa me diz..."

"O quê?"

"Vou morrer no batismo e... q-queria que você levasse isso... pros... meus... pais."

Terminou a frase entre soluços tremulantes de piedade por si mesmo e entregou ao jovem um pequeno embrulho feito com envelope pardo.

"Ei, que diabo de conversa...", ele começou a dizer.

O outro lançou um olhar que parecia vir do fundo de uma tumba e, erguendo uma mão vacilante, afastou-se com um ar profético.

# 4

A brigada foi detida à beira de um bosque. Os homens se acocoraram entre as árvores e apontaram suas armas inquietas para os campos, tentando enxergar além da fumaça.

No meio da cena enevoada, podiam ser homens correndo. Uns berravam informações e gesticulavam apressados.

O pessoal do novo regimento via e ouvia tudo ansiosamente, as línguas matraqueando sobre a batalha. Espalhavam rumores captados no ar, como pássaros surgidos do nada.

"Dizem que o Perry recuou depois de perder um monte de homens."

"É, o Cenoura foi pro hospital. Falou que estava doente. Aquele tenente espertinho tá comandando a Companhia G, mas o pessoal diz que, se continuar chefiado pelo Cenoura, todo mundo vai desertar. Sempre souberam que ele era um..."

"A artilharia do Hannises caiu."

"Caiu nada! Eu vi a artilharia do Hannises passando à esquerda não faz quinze minutos."

"Bom..."

"O general anda dizendo que leva o comando 304º inteiro quando for pra luta... e diz que a gente vai combater feito regimento nenhum nunca combateu."

"Diz que vamos pegar eles mais pra oeste. Diz que o inimigo atraiu nossa frente pro pântano e tomou a artilharia do Hannises."

"Nada disso. A artilharia do Hannises passou aqui faz coisa de um minuto."

"Aquele garoto, Hasbrouck, é um bom oficial. Não tem medo de nada."

"Encontrei um sujeito da 148ª do Maine que diz que a brigada dele castigou o exército rebelde durante umas quatro horas no caminho da encruzilhada, matou bem uns cinco mil. Ele diz que, mais uma batalha que nem essa, acaba a guerra..."

"O Bill não se acovardou, não senhor. Ah, não! Não foi o caso. Bill não se assusta tão fácil assim. Ele ficou foi furioso, foi isso. Quando aquele sujeito pisou na mão dele, ele pegou e disse que estava disposto a dar a mão pelo país... tudo bem, mas outra coisa bem diferente era querer que ele deixasse tudo que é pé-rapado das redondezas fazer ele de tapete... Aí foi pro hospital sem nem saber de combate. Três dedos esmagados. O desgramado do doutor queria amputar, e o Bill diz que fez um escarcéu dos diabos! Camarada engraçado..."

Os estrondos se avolumaram até virarem uma barulheira impressionante. O jovem e seus companheiros calaram a boca, gelados. Uma bandeira se agitou nervosamente na fumaça. Em torno dela havia formas borradas e inquietas. Eram tropas. Vinha de lá uma enxurrada turbulenta de homens cruzando os campos. Deslocando-se num galope frenético, uma carroça de artilharia espanava desgarrados para a esquerda e para direita.

Uma bala de canhão passou uivando feito um espírito de mau agouro sobre a confusão das cabeças dos recrutas. Foi pousar no bosque e explodiu, vermelha, levantando terra marrom. Desceu uma chuvinha de agulhas de pinheiro.

As balas começaram a assobiar entre os galhos, beliscando árvores. Ramos e folhas despencavam em mo-

O EMBLEMA VERMELHO DA CORAGEM

vimentos de dança. Era como se estivessem em ação mil machadinhos invisíveis. Muitos dos rapazes estavam sempre se esquivando, protegendo as cabeças.

O tenente da companhia do jovem levou um tiro na mão e soltou impropérios tão tenebrosos que um riso nervoso percorreu o regimento. As blasfêmias do oficial soavam familiares, aliviando a tensão dos novatos. Era como se, no conforto de sua casa, o homem tivesse dado uma martelada no dedo.

O tenente mantinha a mão ferida cuidadosamente afastada do corpo, para que o sangue não lhe pingasse nas calças.

O capitão da companhia, enfiando a espada debaixo do braço, tirou um lenço do bolso e começou a enfaixar o ferimento do tenente. Os dois tiveram um bate-boca sobre o tipo indicado de curativo.

À distância, a bandeira da batalha saltitava feito louca. Parecia debater-se em agonia, tentando a todo custo se livrar de uma dor. A larga coluna de fumaça era cortada por relâmpagos horizontais de luz.

Da fumaça, emergiram homens correndo com agilidade. O número deles foi crescendo até se ver que o comando inteiro batia em retirada. A bandeira de repente submergiu, como se estivesse morrendo, numa queda cheia de desespero.

Gritos bárbaros vinham do outro lado da parede de fumaça. O que era um desenho rascunhado em cinza e vermelho se materializou numa turba desordenada de homens que galopavam feito cavalos selvagens.

Os regimentos de veteranos à esquerda e à direita do 304º começaram imediatamente a vaiar. Ouviram-se então, misturados à música arrebatada dos tiros e aos uivos de maus espíritos das bombas, as vaias e os conselhos gozadores dos veteranos, que sugeriam esconderijos aos fujões.

O novo regimento, porém, estava sem fôlego, horrorizado. "Meu Deus! Esmagaram o pessoal do Saunder!", balbuciou alguém perto do jovem. Todos recuaram um passo e abriram um pouco as pernas, em busca de firmeza, como se aguardassem a chegada de uma enchente. O jovem correu olhos velozes pelas fileiras azuis do regimento. Todos os perfis estavam imóveis, petrificados. Mais tarde ele se lembraria da postura do sargento negro, de pé com as pernas bem abertas, como se esperasse ser derrubado a qualquer momento.

A leva de fujões foi redemoinhando em direção ao flanco. Aqui e ali havia oficiais carregados na torrente como pedrinhas soltas exasperadas. Debatiam-se a golpes de espada, desferindo socos com a mão livre em todas as cabeças que conseguiam alcançar. Xingavam como salteadores de estradas.

Um oficial montado exibia uma fúria apoplética de criança mimada. Sacudia a cabeça, os braços e as pernas.

Um outro, o comandante da brigada, galopava em círculos, aos urros. Perdera o chapéu e tinha as roupas amarfanhadas. Parecia ter saído da cama direto para a batalha. Volta e meia, os cascos de seu cavalo ameaçavam esmagar a cabeça de alguém correndo — mas, por uma estranha sorte, todos saíram ilesos. Naquela disparada, todos pareciam cegos e surdos. Nem a maior e mais escandalosa das ofensas que lhes eram atiradas de todas as direções poderia surtir qualquer efeito.

Frequentemente, sobre aquela balbúrdia, ouviam-se as piadas agressivas dos maldosos veteranos; aparentemente, os homens em fuga nem sabiam que tinham plateia.

Cintilando por um instante naqueles rostos arrastados pela doida correnteza, os reflexos da batalha fizeram o jovem acreditar que nem mãos de força sobrenatural, estendidas diretamente do céu, seriam capazes de segurá-lo no lugar, se pudesse exercer algum tipo de controle consciente sobre as próprias pernas.

O que ia impresso naqueles rostos era aterrador. A luta no meio da fumaça pintara uma versão exagerada de si mesma nos rostos lívidos e olhos febris, onde se lia um único desejo.

Aquele estouro de boiada exercia o poder de uma grande inundação varrendo a terra, um jorro capaz de arrancar pedras, estacas e homens do chão. Os recrutas das tropas de reserva tiveram de se segurar. Ficaram pálidos e imóveis, vermelhos e trêmulos.

O jovem conseguiu ter um pequeno pensamento no meio daquele caos. O monstro híbrido que espantara aquelas tropas ainda não havia aparecido para ele. Resolveu dar uma boa olhada no bicho; depois, era muito provável que saísse correndo mais depressa do que o mais veloz daqueles fujões.

# 5

Seguiram-se momentos de espera. O jovem recordou a rua principal de sua vila num dia de primavera, antes da chegada do circo. Lembrou-se de como ficava esperando em pé, miúdo e excitado, pronto para sair marchando atrás da mulher envelhecida em seu cavalo branco ou da bandinha que tocava sobre a carroça desbotada. Via o chão de terra amarela, as filas de pessoas na expectativa, as casas tranquilas. Lembrou-se vivamente de um velho que costumava sentar num barril de biscoitos em frente à venda e fingia desprezar espetáculos daquele tipo. Mil detalhes de cor e forma jorraram em sua memória. O velho em seu barril se destacava no meio de tudo.

Alguém gritou, "Lá vêm eles!".

Houve agitação e murmúrios entre os homens. Todo mundo subitamente apresentava o desejo febril de ter à mão, pronta para uso, toda a munição possível. Os estojos foram postos em posições variadas e ajustados com grande cuidado, como se fossem setecentos chapéus novos experimentados por setecentas mulheres.

O praça alto, tendo aprontado seu rifle, tirou do bolso uma espécie de lenço vermelho e se pôs a atá-lo caprichosamente ao pescoço. Foi quando um grito ecoou pela linha de soldados, para cima e para baixo, num murmúrio abafado.

O EMBLEMA VERMELHO DA CORAGEM

"Lá vêm eles! Lá vêm eles!" Armas foram engatilhadas. Do outro lado dos campos cobertos de fumaça vinha uma nuvem marrom feita de gente correndo e soltando gritos ululantes. Avançavam, corpos projetados, cada um segurando o rifle num ângulo diferente. Um estandarte, apontado para diante, corria na frente. Ao ver aquilo, o jovem foi momentaneamente atordoado pela ideia de que talvez sua arma não estivesse carregada. Ficou ali, tentando domar sua inteligência vacilante para ver se recordava o momento em que a carregara, mas não conseguia.

Um general sem chapéu parou seu cavalo suado perto do coronel do 304º. Sacudiu o punho fechado junto à cara do outro. "Você tem de detê-los!", gritou, enfurecido. "Você tem de detê-los!"

De tão agitado, o coronel começou a gaguejar. "Tu-tu-tudo be-bem, General, tu-tudo bem, por Deus! Nó-nós va-vamos, nós vamos da-da-dá, da-da-dar o máximo, General...!" O general fez um gesto exaltado e saiu a galope. O coronel, para aliviar o brio ferido, começou a vituperar feito um papagaio molhado. Mais tarde, voltando-se para ter certeza de que a retaguarda estava livre, o jovem veria o comandante olhando seus homens com muito ressentimento, como se lastimasse acima de qualquer coisa estar associado a eles.

Ombro a ombro com o jovem, um sujeito começou a tartamudear, como que falando sozinho: "Ah, agora é a nossa vez! Agora é a nossa vez!".

O capitão da companhia andava de um lado para o outro por trás da linha. Tinha a voz encorajadora de uma professora, como se falasse para uma classe compenetrada diante de cartilhas. O que dizia era uma repetição infinita. "Valorizem a munição, meninos... Não atirem até eu mandar... Economizem a munição, esperem até eles estarem bem perto. Não vamos bancar os otários."

O suor rolava pelo rosto do jovem, encharcado como o de um menino chorão. Volta e meia, num movimento nervoso, enxugava os olhos com a manga do casaco. A boca continuava meio aberta.

Deu uma olhada no campo infestado de inimigos à sua frente e, no mesmo segundo, parou de especular se sua arma estaria mesmo carregada. Antes de estar pronto para começar — antes de anunciar a si mesmo que ia começar a lutar —, segurou o rifle obediente e bem balanceado na posição correta e disparou um primeiro tiro a esmo. Logo estava atirando como se a arma funcionasse sozinha.

De repente, já não se preocupava com sua própria segurança e pareceu se esquecer do destino hostil. Tornou-se um membro, não um homem. Sentia que alguma coisa à qual pertencia — um regimento, um exército, uma causa, um país — estava em crise. Esse sentimento o soldava a uma personalidade coletiva, dominada por um único desejo. Por algum tempo não seria capaz de fugir, assim como um dedo mindinho não pode desertar da mão.

Se achasse que o regimento estava prestes a ser aniquilado, poderia, talvez, amputá-lo. Mas o barulho que a tropa produzia era reconfortante. O regimento era como um fogo de artifício que, uma vez aceso, se eleva sobre todas as circunstâncias até gastar sua última gota de vida ardente. Sibilava e mandava chumbo com força avassaladora. O jovem imaginou o chão à sua frente salpicado de vencidos.

E havia, o tempo todo, a consciência de seus companheiros a sua volta. De repente, a sutil irmandade da batalha lhe parecia mais poderosa até do que a causa pela qual lutavam. Era uma fraternidade misteriosa, nascida da fumaça e do risco de morrer.

Ele desempenhava uma tarefa. Era como um carpinteiro que já tivesse feito muitas caixas e fizesse mais uma — a não ser pelo fato de que seus movimentos eram furiosamente rápidos. Em pensamento, vagava por outras paragens, bem ao modo do carpinteiro que, trabalhando,

O EMBLEMA VERMELHO DA CORAGEM

assobia e pensa em seus amigos e inimigos, no lar ou num bar. Esses devaneios nunca são recordados perfeitamente depois, coagulando num amontoado de imagens borradas.

Agora começava a sentir os efeitos da atmosfera de guerra — um suor borbulhante, a sensação de que os globos oculares estavam prestes a rachar feito pedras quentes. Um rugido queimava seus ouvidos.

Depois disso veio uma fúria vermelha. Ele fora acometido pela exasperação aguda de um animal acuado, uma vaca de boa índole perturbada por cães. Ficou furioso com seu rifle, que só podia ser usado contra uma vida de cada vez. Quis sair correndo e estrangular gente com seus próprios dedos. Desejou ardentemente ter um poder que lhe permitisse, num só gesto, abarcar o mundo e varrer aquilo tudo. Sua impotência se revelou inteira, fazendo de sua cólera a de uma fera ameaçada.

Afogada na fumaça de muitos rifles, sua raiva dirigia-se menos aos homens que via correndo para cima dele do que aos rodopiantes fantasmas da guerra que o sufocavam, enfiando vestes de fumaça por sua goela seca. Lutou freneticamente por respeito aos seus sentidos, pelo ar, como o recém-nascido que, sufocado, ataca o cobertor letal.

Houve um clarão de fúria quente misturado a um ar de determinação em todos os rostos. Muitos dos homens entoavam exclamações abafadas, e esses rosnados, palavrões e rezas que compunham uma louca canção bárbara soavam como uma melodia subliminar, estranha, próxima de um cântico em sua harmonia com os acordes grandiloquentes daquela marcha de guerra. O homem que estava ombro a ombro com o jovem balbuciava algo doce e tenro, como o monólogo de um bebê. O praça alto soltava imprecações em altos brados: podia-se ver, saindo de seus lábios, uma tenebrosa procissão de estranhas maldições. De repente, um outro recruta se fez ouvir em tom queixoso, como alguém que não se lembrava onde havia deixado o chapéu. "Por que eles não ajudam a gente? Por que não mandam reforço? Será que eles pensam..."

No torpor da batalha, o jovem ouvia aquilo como se estivesse cochilando.

Havia uma singular ausência de poses heroicas. Os homens, corcoveando em açodamento e raiva, adotavam as posições mais inimagináveis. As varetas de aço tiniam e retiniam num rumor incessante, socadas com movimentos frenéticos dentro dos canos quentes. As abas dos estojos de munição, abertas, dançavam estupidamente a cada movimento. Uma vez carregados, os rifles eram trazidos ao ombro e acionados aparentemente sem alvo, na direção da fumaça ou de alguma das formas borradas e cambiantes que vinham atravessando o campo na direção do regimento, cada vez maiores, como marionetes nas mãos de um mágico.

Espaçados na retaguarda, os oficiais evitavam as poses estáticas das gravuras. Zanzavam de um lado para o outro gritando instruções e incentivos. A dimensão de seus urros era extraordinária. Gastavam seus pulmões com força pródiga. Muitas vezes, na ansiedade de observar o inimigo do outro lado da fumaça, quase pisavam nas cabeças dos soldados.

O tenente da companhia do jovem havia capturado um praça que saíra correndo aos gritos, assim que a tropa disparou a primeira saraivada. Na retaguarda, esses dois encenavam um drama isolado. O rapaz chorava e olhava com olhos de cordeiro para o tenente, que o segurava pela gola, aplicando-lhe sopapos. O fujão foi trazido de volta a seu posto debaixo de pancada. Seguia mecanicamente, inerte, sem despregar do oficial seus olhos de bicho acuado. É possível que, aos seus ouvidos, houvesse algo de divino na voz do outro — grave, dura, sem qualquer inflexão de medo. O recruta fujão tentou recarregar sua arma, mas as mãos trêmulas o impediam. O tenente foi obrigado a ajudá-lo.

Aqui e ali, homens tombavam feito pacotes. O capitão da companhia do jovem morrera logo no início da ação. Seu corpo estava estendido na posição de um homem cansado em repouso, mas no rosto havia uma expressão de aturdimento e tristeza, como se ele acreditasse ter sido enganado por algum amigo. O homem que balbuciava ao lado do jovem levou um tiro de raspão, e o sangue escorreu farto por seu rosto. Pôs as duas mãos na cabeça. "Ai!", disse, e saiu correndo. Outro sujeito deu um grunhido brusco, como se o tivessem acertado com um porrete na barriga. Sentou-se e ficou olhando em torno de si com ar magoado. Em seus olhos havia uma silenciosa recriminação indefinida. Mais para cima da linha, um homem, de pé atrás de uma árvore, tinha o joelho estraçalhado por uma bala. Imediatamente soltara o rifle, agarrando a árvore com os dois braços. Lá ficou, segurando-se desesperado e pedindo ajuda para poder largar o tronco.

Por fim, um brado exultante percorreu e fez vibrar a linha de soldados. O fogo ia minguando e, de todo o estardalhaço, logo se ouvia apenas um último pipocar vingativo. Quando a fumaça começou lentamente a se esgarçar, o jovem viu que o ataque fora repelido. O inimigo estava espalhado em grupos relutantes. Viu um homem escalar uma cerca e, sentando-se nela como numa sela, disparar um tiro de despedida. As ondas haviam refluído, deixando escuros fragmentos de entulho sobre o solo.

Parte do regimento mergulhou numa comemoração frenética. Muitos estavam em silêncio. Aparentemente, procuravam se contemplar naquela cena.

Quando a febre deixou suas veias, o jovem achou que ia finalmente sufocar. Teve consciência da atmosfera viciada em que estivera lutando. Estava imundo e suado como um metalúrgico à boca da caldeira. Agarrou o cantil e tomou um demorado gole de água morna.

Com algumas variações, uma frase corria para cima e para baixo entre os homens. "Você viu, paramos eles...!

Paramos eles, mesmo! Paramos ou não paramos?" Diziam aquilo com expressões de êxtase, arreganhando sorrisos sujos uns para os outros.

O jovem se virou e olhou para trás, para a direita e para a esquerda. Sentia o prazer de ter finalmente um momento de folga, quando um homem pode dar uma boa olhada ao redor.

Havia no chão algumas formas imóveis, sinistras, contorcidas em posições irreais. Braços estavam dobrados e cabeças viradas em ângulos inacreditáveis. Parecia-lhe que só uma queda de grande altura poderia ter deixado os mortos naquele estado. Era como se tivessem sido atirados para fora do céu, vindo se esborrachar aqui embaixo.

De algum lugar atrás do bosque, os canhões começaram a mandar bala por sobre as árvores. A princípio suas bocas cuspidoras de fogo assustaram o jovem. Pareciam estar diretamente apontadas para ele. Ficou observando através das árvores os vultos negros dos artilheiros que trabalhavam com eficiência e concentração. O serviço parecia complicado. Perguntava-se como fariam para lembrar todos aqueles movimentos no meio da confusão.

Os canhões estavam acocorados em fila, como chefes indígenas. Discutiam com violência brusca. Deliberavam sombriamente. Seus atarefados servos corriam de um lado para o outro.

Uma pequena procissão de feridos rumava lúgubre para a retaguarda. Do corpo dilacerado da brigada, minava um riacho de sangue. À direita e à esquerda viam-se os riscos escuros de outras tropas. Em frente, à distância, o jovem julgou vislumbrar manchas mais claras aparecendo aqui e ali nas brechas da floresta. Davam a impressão de incontáveis milhares.

A certa altura, viu um minúsculo grupo de artilharia correndo na linha do horizonte. Minúsculos homens castigando seus minúsculos animais.

O EMBLEMA VERMELHO DA CORAGEM

De um morro baixo vinha o som de vivas misturado ao de estrondos. Uma coluna de fumaça se erguia vagarosa, perfurando a folhagem.

A artilharia se expressava com ribombante esforço de oratória. Aqui e ali viam-se bandeiras nas quais predominava o vermelho das listras. Largavam borriscos de cor quente sobre as escuras colunas das tropas.

O jovem experimentou o velho arrepio que costumava sentir diante do pavilhão. As bandeiras eram como belos pássaros estranhamente imunes à tormenta.

Prestando atenção aos barulhos vindos da colina, ao trovejar pulsante e surdo que se ouvia a maior distância, à esquerda, e aos estrépitos menores chegados de muitas direções, ocorreu-lhe que estavam guerreando também lá, acolá e mais adiante. Até então supusera que toda a batalha se desenrolasse bem debaixo de seu nariz.

Esquadrinhava assim os arredores quando, de repente, sentiu um relâmpago de assombro diante daquele céu de puro azul e do sol a brilhar sobre matas e campos. Era espantoso que a natureza seguisse tranquilamente em seu dourado processo em meio a tanta maldade.

# 6

O jovem despertou lentamente. Aos poucos, foi recobrando uma posição que lhe permitia ver a si mesmo. Por alguns instantes mergulhou num autoescrutínio zonzo, como se nunca tivesse se visto antes. Pegou o chapéu no chão. Ajeitou-se dentro da jaqueta, em busca de conforto, e, ajoelhando-se, amarrou o sapato. Em seguida fez uma cuidadosa faxina no rosto imundo.

Então, finalmente, tudo terminado! Passara no teste supremo. Vencera as rubras, formidáveis agruras da guerra.

Foi acometido de um acesso febril de contentamento consigo mesmo. Teve as melhores sensações de sua vida. Como que saindo do próprio corpo, reviu a última cena. Achou que aquele homem que havia lutado era magnífico.

Sentiu-se um excelente sujeito. Chegou a acalentar determinados ideais que até então presumira muito distantes. Sorriu, profundamente satisfeito.

Irradiava boa vontade e afeto em relação aos companheiros. "Nossa, está quente, hein?", disse afavelmente a um homem que polia a cara encharcada com as mangas do casaco.

"Se está...", respondeu o outro, amistoso, com um sorriso. "Nunca vi um calor desses", e esparramou-se confortavelmente no chão. "Se está!... Eu só espero que a gente não tenha outro combate desses por uns sete dias, a contar de segunda..."

O jovem trocou apertos de mão e discursos profundos com homens cujos traços eram vagamente conhecidos, mas com quem agora se irmanava, atado pelo coração. Ajudou um companheiro que reclamava a fazer um curativo no tornozelo.

Então, de repente, exclamações de espanto irromperam pelas fileiras do regimento de novatos. "Lá vêm eles de novo! Lá vêm eles outra vez!" O homem que se esparramara no chão deu um pulo. "Meu Jesus!", disse.

O jovem lançou um olhar rápido pelo campo. Discernia formas que começavam a inchar em massas, saindo da floresta distante. Avistou outra vez o pavilhão inclinado, avançando veloz.

As balas de canhão, que haviam deixado de perturbá-los por algum tempo, de novo voltavam girando feito piões e explodiam no mato rasteiro ou entre as folhas das árvores. Pareciam estranhas flores bélicas, de furiosa carnação.

Os homens resmungavam. Fora-se o lustro de seus olhos. Os rostos sujos expressavam agora somente um desgosto profundo. Moveram com lentidão os membros dormentes e, de péssimo humor, observavam a aproximação do inimigo. Os escravos que mourejavam no templo daquele deus começavam a se rebelar contra o rigor do trabalho.

Irritados, queixavam-se uns aos outros. "Ah, mas isso é uma beleza!... Por que não mandam reforço pra gente?"

"Um segundo tiroteio a gente não vai aguentar nunca. Eu não vim aqui pra brigar com todo aquele maldito exército rebelde."

Um dos rapazes começou a choramingar. "Ah, eu queria que o Bill Smithers tivesse pisado na minha mão, em vez de eu na dele..." As juntas doloridas estalavam quando o regimento se arrastou com dificuldade até a posição de repelir o ataque.

O jovem só olhava. Com certeza, pensava, essa coisa impossível não está pra acontecer... Aguardava, como se acreditasse que o inimigo fosse a qualquer momento pedir desculpas e sair de cena, fazendo mesuras. Tudo aquilo era um engano.

Então, começaram a atirar em algum ponto da linha e o fogo se alastrou em ambas as direções. Os cordões de chispas produziram grandes nuvens de fumaça que se agitavam por um momento na brisa, pertinho do chão, para em seguida deslizar por entre os recrutas, como se fosse um ralador. A fumaça tingia-se de amarelo-terra onde batia o sol e, na sombra, era de um azul triste. A bandeira às vezes desaparecia, engolida por essa massa de vapor, mas na maior parte do tempo se projetava, beijada pelo sol, resplandescente.

Nos olhos do jovem apareceu uma expressão que se pode ver nas órbitas de um cavalo de perna quebrada. Seu pescoço tremia de fraqueza nervosa e os músculos do braço estavam adormecidos, drenados de sangue. As mãos lhe pareciam enormes e desajeitadas, como se estivesse usando invisíveis luvas grossas. Os joelhos tampouco funcionavam bem.

As palavras ditas pelos companheiros antes do tiroteio começaram a retornar a ele. "Ah, mas isso é uma beleza! O que será que eles pensam que a gente é... por que não mandam reforço? Eu não vim aqui pra lutar com todo o exército rebelde!"

Começou a exagerar a resistência, a habilidade, a bravura dos que vinham de lá. Morto de exaustão, ficava abismado com tanta persistência. Deviam ser máquinas de aço. Era profundamente desalentador lutar contra coisas assim, lutar, lutar até, quem sabe, o pôr do sol.

Ergueu lentamente o rifle e, tendo um vislumbre do campo apinhado, fez fogo num grupo a galope. Aí, parou e começou a apertar os olhos o melhor que podia, procurando enxergar através da fumaça. Avistou dife-

O EMBLEMA VERMELHO DA CORAGEM

rentes aspectos de um chão coberto de homens correndo e berrando feito demônios acossados.

Para o jovem, tratava-se de uma carga de dragões terríveis. Sentia-se como a vítima que perde a força das pernas quando vê chegar o monstro verde e escarlate. Numa atitude mista de horror e atenção esperava, como a presa que fecha os olhos no momento de ser engolida.

Um homem perto dele, que até aquele momento trabalhava febrilmente em seu rifle, parou de súbito e saiu correndo, uivando. Um rapaz cuja fisionomia tinha até então uma expressão de coragem exaltada, a majestade de quem ousaria sacrificar a própria vida, tornou-se, num piscar de olhos, um trapo abjeto. Empalideceu como alguém que, depois de caminhar até a borda de um abismo no breu da noite, de repente se dá conta... Houve uma revelação. Também este largou a arma e fugiu. Não havia nenhuma vergonha em seu rosto. Corria, como um coelho.

Outros começaram a fugir no meio da fumaça. O rapaz virou a cabeça, arrancado de seu transe por aquela agitação, como se o regimento fosse deixá-lo para trás. Viu as formas esparsas que corriam.

Deu um grito de pavor e, num salto, girou o corpo. Por um momento, naquela ânsia, parecia um frango de anedota. Esqueceu a direção da segurança. A ameaça de aniquilamento vinha de todos os lados.

Na mesma hora, começou a correr para a retaguarda a passos de gigante. Perdera o rifle e o boné. A jaqueta desabotoada se enchia de vento. A aba do estojo de munição sacolejava violentamente e o cantil, preso por uma cordinha, sacudia-se atrás. Estampado em seu rosto ia o terror de tudo o que imaginava.

O tenente saltou para a frente, vociferante. O jovem notou sua cara rubra de cólera e viu que ele dava uma pancadinha com a espada. Um único pensamento lhe ocorreu: o tenente devia ser um sujeito muito estranho para se interessar por tais questões numa ocasião daquelas.

Correu como um cego. Caiu duas ou três vezes. A certa altura bateu o ombro tão violentamente contra uma árvore, que foi lançado de cabeça no chão.

Depois de dar as costas ao combate, seus temores se ampliaram de modo atroz. A morte que enfia uma faca nas costas é muito mais aterrorizante do que a morte que pica entre os olhos. Pensando no assunto mais tarde, ele concluiria que é melhor enxergar o que nos aterroriza do que apenas ouvi-lo à distância. Os ruídos da batalha eram como enormes pedras; achou que podia ser esmagado.

Continuando a correr, acabou por se juntar a outros. Via vultos à esquerda e à direita, escutava o som de passos atrás. Achou que todo o regimento estava debandando, perseguido por estrondos sinistros.

Na fuga, o som de passos que o acompanhavam eram seu único e magro consolo. De alguma forma vaga, sentia que inicialmente a morte escolheria os mais próximos; desse modo, os primeiros quitutes dos dragões necessariamente seriam os que vinham atrás dele. Tornou-se um velocista louco para mantê-los na retaguarda. Era uma corrida.

Liderava o grupo através de uma capoeira quando, de repente, viu-se entre balas de canhão, que rasgavam o ar sobre sua cabeça com uma zoeira ensandecida. Ouvindo aquilo, imaginou bombas com múltiplas fileiras de dentes cruéis sorrindo para ele. A certa altura, uma delas caiu bem à sua frente, e o relâmpago pálido da explosão literalmente bloqueou o caminho que pretendia tomar. Ele rastejou no chão por alguns instantes e, dando um salto, escapuliu por entre as moitas.

Sentiu um arrepio de deslumbramento quando viu um grupo de artilharia em ação. Os homens exibiam um ânimo sereno, parecendo completamente alheios à destruição iminente. A bateria disputava com um antagonista distante, os artilheiros estavam intimamente absortos no serviço. Volta e meia se curvavam sobre os

O EMBLEMA VERMELHO DA CORAGEM

canhões, fazendo gestos persuasivos. Era como se lhes dessem tapinhas nas costas, sussurrando palavras de incentivo. Sólidos e impassíveis, os canhões respondiam com renitente bravura.

Os artilheiros eram precisos e estavam calmos e entusiasmados. Sempre que podiam, alçavam os olhos na direção da colina, de onde, envolta em fumaça, a artilharia inimiga os atacava. O jovem, que passava correndo, teve pena deles. Metódicos idiotas! Otários mecânicos! O refinado prazer de plantar bombas no posto de artilharia dos outros pareceria uma atividade desprezível quando toda a infantaria começasse a jorrar da floresta.

O rosto de um jovem cavaleiro manobrando seu animal nervoso com o abandono de alguém cavalgando no próprio terreiro se gravou nitidamente na memória do jovem. Sabia estar vendo um homem que logo estaria morto.

Também sentiu pena dos canhões parados ali, como seis bons companheiros, em fila intrépida.

Viu uma brigada correndo em socorro dos correligionários em apuros. Subiu agitado num montículo e observou-os em sua bela evolução, mantendo a formação mesmo em terreno difícil. O azul das fileiras estava cravejado de reflexos de prata. As bandeiras se destacavam, brilhantes. Oficiais gritavam.

Essa cena também o maravilhou. A brigada seguia célere para a goela infernal do deus da guerra. Que tipo de homens eram aqueles, afinal? Ah, de alguma raça extraordinária! Ou então não compreendiam — os tolos.

Uma ordem enfurecida provocou comoção na artilharia. Um oficial num cavalo rampante fazia gestos alvoroçados com os braços, como um louco. Os homens se fizeram atarefados em torno dos canhões, que foram então virados, e a artilharia bateu em retirada. Com seus narizes apontados obliquamente para o chão, os terríveis artefatos grunhiam e rosnavam como homens corpulentos demais, bravos, mas inimigos da pressa.

Seguindo sempre em frente, o jovem moderou o passo assim que o ruído dos canhões em retirada ficou para trás.

Pouco depois encontrou um general de divisão sentado num cavalo de orelhas erguidas, em atitude de grande interesse, na direção da batalha. A sela e os arreios tinham uma aparência solene com o brilho amarelo do couro envernizado. O homem quieto, ali aboletado, parecia sem cor sobre tão esplêndida montaria.

Um grupo galopava, para cima e para baixo, tilintando. Em alguns momentos o general se via cercado de cavaleiros; em outros, inteiramente só. Tinha um ar atarantado. Parecia um homem de negócios cujo mercado oscilasse violentamente.

O jovem fez uma curva, rodeando o local. Chegou o mais perto que sua ousadia permitiu, na tentativa de entreouvir alguma palavra. Talvez o general, incapaz de compreender aquele caos, o mandasse chamar, à caça de informações. Ele contaria. Sabia tudo o que dizia respeito àquele assunto. Era evidente que a divisão caíra numa armadilha, qualquer idiota podia ver que, se não recuassem a tempo...

Adoraria surrar o general ou, pelo menos, chegar bem perto e dizer, com palavras cruas, exatamente o que pensava dele. Era criminoso plantar-se calmamente num ponto sem qualquer esforço para deter a destruição. Sentiu uma ânsia febril de que o comandante da divisão o mandasse chamar.

Agitando-se a certa distância, ouviu o general gritar em tom irritado: "Tompkins, vá achar o Taylor e diga a ele pra não ter essa pressa toda; diga-lhe pra segurar a brigada nas bordas da floresta... diga-lhe pra separar um regimento e... pode dizer que eu acho que o centro vai ceder, se não mandarmos algum reforço... e que é pra ser rápido!".

Um moço esguio num bonito cavalo castanho colheu essas palavras da boca de seu superior e fez o animal

O EMBLEMA VERMELHO DA CORAGEM

sair num galope quase imediato, com pressa de se lançar à missão. Subiu uma nuvem de poeira.

Logo o jovem via o general dar pulinhos excitados em sua sela.

"Sim, por Deus, eles conseguiram!", e o oficial se inclinou para a frente, o rosto afogueado. "Sim, por Deus... eles conseguiram! Conseguiram detê-los!"

Começou a gritar para os subordinados, exultante. "Vamos engolir essa gente agora. Vamos engolir eles agora. Ah, estão na mão!"

Virou rapidamente para um auxiliar: "Ei! Jones, vá depressa atrás do Tompkins, encontre o Taylor... diz pra ele atacar com força total, sem trégua... pra devastar".

Um outro oficial esporeou o cavalo atrás do primeiro mensageiro, e o general irradiava felicidade sobre a terra, feito um sol. Em seus olhos via-se um desejo de entoar um canto de triunfo. Repetia sem parar, "Conseguiram detê-los, por Deus!".

A excitação fez o cavalo empinar, ao que ele respondeu alegremente, com palavrões e coices. Em sua felicidade, fez um pequeno carnaval sobre a montaria.

# 7

O jovem se encolheu, eriçado como se o flagrassem num crime. Então tinham vencido, afinal! A fileira de imbecis ficara plantada em seu lugar e saíra vitoriosa. Ouvia gritos de comemoração.

Ergueu-se na ponta dos pés para olhar na direção da batalha. Uma neblina amarela engolia a parte de cima das copas das árvores. Da terra embaixo dela vinha o matraquear do tiroteio, misturado a gritos roucos.

Desviou os olhos, pasmo e furioso. Sentia-se lesado.

Saíra correndo, disse a si mesmo, porque do contrário seria aniquilado. Fizera muito bem em salvar-se, era apenas uma pequena peça do exército. Havia pensado que aquele era um daqueles momentos em que o dever de cada peça seria salvar-se quando possível. Mais tarde, os oficiais juntariam os pedaços para formar uma frente nova. Se nenhuma das pequenas peças fosse esperta o suficiente para se salvar do turbilhão da morte numa hora dessas... o que seria do exército? Era evidente que procedera segundo regras altamente recomendáveis. Suas ações tinham sido sagazes, cheias de estratégia. O trabalho de suas pernas, magistral.

Os companheiros vieram-lhe à lembrança. A inflexível, quebradiça fileira azul havia aparado os golpes e vencido. Encheu-se de rancor. Era como se a estupidez e a ignorância cega daquelas pequenas peças o houvessem

O EMBLEMA VERMELHO DA CORAGEM

traído. Fora derrotado, esmagado pela falta de lucidez daquela gente ao sustentar a posição, quando a deliberação inteligente mostrava que isso era impossível. Ele, o iluminado, o que via longe no escuro, saíra correndo porque sua percepção e seus conhecimentos eram superiores. Sentiu uma raiva imensa dos companheiros. Era possível demonstrar que eles tinham sido burros.

Pensava no que diriam quando aparecesse mais tarde no acampamento. Ouviu em sua mente rosnados de escárnio. Os companheiros seriam incapazes de compreender que seus pontos de vista eram muito mais argutos.

Começou a sentir imensa pena de si mesmo. Tinham abusado dele. Fora atropelado pelos pés de uma injustiça férrea. Procedera com sabedoria, imbuído dos mais virtuosos motivos sob o azul do céu apenas para ser traído por circunstâncias odiosas.

Foi crescendo dentro dele uma rebelião surda, quase animalesca, contra os companheiros, e a guerra abstrata, e o destino. Arrastava-se pelo caminho de cabeça baixa, com o cérebro num tumulto de angústia e desespero. Quando olhava para cima, ainda cabisbaixo, estremecendo ao menor ruído, seus olhos tinham a expressão dos de um criminoso que pensa que sua culpa é pequena e o castigo imenso, e já não encontra palavras.

Deixou o descampado e se embrenhou por um mato fechado, como se decidido a enterrar-se. Queria sair do alcance do espoucar dos tiros, que soavam como vozes.

O chão era um emaranhado de cipós, moitas e árvores muito próximas umas das outras, que se alargavam para cima como buquês. Ele abria caminho ruidosamente. As trepadeiras, agarrando-se em suas pernas, soltavam guinchos ásperos quando eram arrancadas dos troncos das árvores. Árvores novas zuniam tentando anunciar sua presença ao mundo. Não conseguia entrar em acordo com a floresta. Foi adiante, sempre sob protestos. Quando afastava os apertos de árvores e heras, as ramas perturbadas agitavam os braços e voltavam para ele suas caras folhudas. Morria de medo de que os estalos e gemidos chamassem a atenção de alguém, e viessem procurá-lo. Entrou fundo na mata, buscando as regiões mais escuras e labirínticas.

Depois de algum tempo, o tiroteio soava distante e os canhões ressoavam em surdina. O sol, revelando-se subitamente, flamejou entre as árvores. Insetos faziam ruídos rítmicos, como um ranger de dentes em uníssono. Um pica-pau mostrou a cabeça petulante por trás do tronco de uma árvore. Outro pássaro passou voando serenamente.

O rumor da morte estava lá fora. Agora parecia que a natureza não escutava nada.

Esta paisagem o reconfortava. Era um belo campo, repleto de vida. Era a religião da paz, que se extinguiria se seus olhos temerosos fossem obrigados a ver sangue. Imaginava que a natureza era uma mulher com profunda aversão à tragédia.

Atirou um pinhão num esquilo jovial, que fugiu em pânico, chilreando. Quando chegou ao alto de uma árvore, parou e, pondo a cabeça cautelosamente para fora do esconderijo, olhou para baixo alarmado.

O jovem sentiu-se tomado por uma onda de triunfo. Ali estava a lei, pensou. A natureza lhe dera um sinal. O esquilo, reconhecendo o perigo, recorrera às suas pernas sem demora. Não permanecera ali apresentando a barriga peluda à bala do canhão, nem morrera, erguendo os olhos para o céu, compassivo. Pelo contrário, havia fugido com a velocidade que suas pernas permitiam; e era apenas um esquilo comum, não era nenhum filósofo de sua raça, certamente. O jovem se pôs mais uma vez a caminho, sentindo que a natureza concordava com ele. Reforçava seu argumento com provas que viviam onde o sol brilhava.

A certa altura viu-se numa espécie de pântano. Foi obrigado a caminhar sobre tufos cediços e tomar cuidado

O EMBLEMA VERMELHO DA CORAGEM

para não afundar os pés na lama oleosa. Então, fazendo uma pausa para inspecionar os arredores, viu quando, a alguma distância, um animal miúdo mergulhou na água negra e reapareceu com um peixe faiscante.

O jovem voltou a se embrenhar na mata fechada. Roçando nas moitas, seu corpo produzia um farfalhar que afogava o som dos canhões. Seguiu adiante, passando da escuridão à promessa de uma escuridão maior.

Por fim, chegou a um local em que a folhagem arqueada dos galhos altos moldava uma capela. Empurrou de mansinho as portas verdes e entrou. Agulhas de pinheiro formavam um delicado tapete marrom. A meia-luz tinha algo de religioso.

Perto da entrada estacou, paralisado de horror com uma visão.

Olhava para ele um homem morto, sentado de costas contra uma árvore que parecia uma coluna. O cadáver estava metido num uniforme que um dia fora azul, mas agora estava desbotado numa triste tonalidade esverdeada. Seus olhos fixos tinham o brilho opaco que se vê nos de um peixe morto. A boca estava aberta, com o vermelho transformado num amarelo aterrador. Sobre a pele cinzenta do rosto passeavam formigas. Uma delas arrastava algum tipo de carga ao longo do lábio superior.

O jovem soltou um grito ao se deparar com a coisa. Por algum tempo ficou ali petrificado, fitando aqueles olhos transparentes. O morto e o vivo trocaram um longo olhar. Então, o jovem levou a mão às costas com cuidado e encontrou uma árvore. Apoiando-se nela, recuou, passo a passo, sempre voltado para a coisa. Achava que, quando se virasse, o defunto ia se levantar e segui-lo furtivamente.

Os galhos, resistindo ao seu recuo, ameaçaram jogá-lo sobre a coisa. Seus pés desorientados agravavam a situação, enganchando-se na hera rasteira. Em meio a tudo isso veio-lhe de súbito a ideia de tocar o cadáver.

Pensando em sua mão naquela pele, sentiu um calafrio vindo das profundezas.

Finalmente rompeu os laços que o prendiam ali e correu, desatento à vegetação. Foi perseguido pela visão da chusma de formigas negras sobre a cara cinzenta, algumas se aventurando terrivelmente perto dos olhos.

Depois de algum tempo parou para tomar fôlego e, ofegante, apurou os ouvidos. Imaginou que uma voz estranha sairia daquela garganta morta para grasnar terríveis ameaças em seu encalço.

As árvores que serviam de portal à capela movimentavam-se com um sussurro na brisa suave. Um silêncio triste envolvia o pequeno edifício.

# 8

As árvores começaram a cantar suavemente um hino crepuscular. O sol foi caindo até que oblíquos raios de bronze cortaram a floresta. Havia um acalanto nos ruídos dos insetos, como se estivessem reverentes, numa pausa para oração. Tudo era silêncio, a não ser pelo coro vindo das árvores.

De repente, sobre essa quietude, irrompeu um sonoro turbilhão. Um fragor encarnado vinha da distância.

O jovem se deteve, trespassado pela terrível mistura de ruídos. Era como se mundos se rasgassem. Havia o som dilacerante do tiroteio e o estrondo demolidor dos canhões.

A mente lhe fugia em todas as direções. Imaginou que os dois exércitos andavam se espreitando dentro da selva, como panteras. Por algum tempo, foi todo ouvidos. Depois, disparou na direção da batalha. Percebia a ironia de estar correndo daquela forma ao encontro de algo que tanto fizera para evitar, mas disse a si mesmo que, se a terra e a lua estivessem prestes a se chocar, estava claro que muita gente iria para o telhado para testemunhar a colisão.

Enquanto corria, notou que a floresta interrompera sua música, como se enfim ouvisse os sons estrangeiros. As árvores se calaram, imóveis. Tudo parecia escutar os estrondos e estalos, os trovões de estremecer tímpanos — o coro que ribombava sobre a terra serena.

Ocorreu de repente ao jovem que o combate do qual participara tinha sido, no final das contas, não mais que um tiroteio de rotina. Ouvindo o novo estardalhaço, duvidou que um dia houvesse presenciado verdadeiras cenas de guerra. Aquele clamor falava de uma batalha celestial, hordas tumultuosas se pegando em pleno ar.

Refletindo sobre o assunto, percebeu certo humor em seu próprio ponto de vista e no dos companheiros durante o último combate. Tinham se levado — e levado o inimigo — muito a sério, imaginando que decidiriam a guerra ali mesmo. Muitos deviam ter imaginado que estavam escrevendo seus nomes com letras fundas em lousas de eterno bronze, ou erigindo altares imorredouros às próprias reputações no coração de seus compatriotas, quando na verdade a história só figuraria em algumas reportagens de títulos vagos e insignificantes. Viu que isso era uma coisa boa, do contrário todos fugiriam das batalhas, com exceção dos amantes de causas perdidas e outros de sua laia.

Manteve o passo apertado. Ansiava por chegar ao limite da floresta e olhar para fora.

Desfilavam em sua mente estupendos conflitos. Os pensamentos que acumulara sobre o assunto facilitavam-lhe a tarefa de evocar cenas. Os sons eram como a voz de um ser eloquente fazendo uma descrição.

Às vezes, a hera rasteira formava correntes para tentar detê-lo. Dava com árvores, que esticavam os braços para impedi-lo de passar. Depois da hostilidade anterior, essa nova resistência oferecida pela floresta encheu-o de um prazer amargo. Parecia que a natureza ainda não estava pronta para matá-lo.

Desviou de tudo com obstinação e, por fim, chegou a um ponto em que se divisavam compridas muralhas cinzentas de vapor. À sombra delas estariam as linhas. O vozeirão dos canhões fazia seu corpo vibrar. A matraca dos tiros pequenos ficava soando em longos surtos irregulares, com efeito devastador para os ouvidos. Por um momento permaneceu ali, olhando. Seus olhos tinham uma expressão assombrada. O queixo caía na direção do combate.

Logo retomou a marcha. A batalha parecia o trabalho de uma máquina imensa e terrível. Sua complexidade, sua potência e seu severo mecanismo o fascinavam. Ele precisava chegar perto e vê-la produzir cadáveres.

Encontrou uma cerca e saltou-a. Do outro lado, o chão estava atulhado de roupas e armas. Um jornal estava caído, dobrado. Um soldado morto estendia-se perto dali, a cara escondida no braço. Mais adiante, um grupo de quatro ou cinco corpos a se fazerem triste companhia. Um sol quente brilhara naquele ponto.

O jovem sentia-se um invasor. Aquela parte esquecida do campo de batalha pertencia aos mortos. Apressou-se a ir embora com a vaga sensação de que, dentro de mais um segundo, uma daquelas formas inchadas se levantaria e o tocaria dali.

Chegou finalmente a uma estrada de onde se via, na distância, os corpos escuros e agitados das tropas, franjados de fumaça. O caminho estava tomado por uma multidão manchada de sangue, que seguia pingando um rastro. Os feridos xingavam, gemiam, uivavam. Havia no ar um enorme e permanente vagalhão de som, sob cujo peso a terra parecia vergar. Às palavras corajosas da artilharia pesada e às frases malévolas do tiroteio se fundiam rubras exclamações humanas. Dessa região barulhenta vinha o fluxo estável de mutilados.

Um dos feridos estava com o sapato cheio de sangue. Pulava num pé só, como um colegial no recreio. Ria histericamente.

Outro jurava que tinha levado um tiro no braço devido ao mau gerenciamento do exército por parte do comandante. Um outro marchava com o ar de algum majestoso general da banda. Suas feições eram uma mistura profana de contentamento e desespero. Marchava e cantava uma toada ordinária com voz aguda e trêmula:

"Cante uma canção de vitória
Bolso cheio de cartuchos
Vinte mais cinco defuntos
Assados numa... torta."[7]

Parte da procissão mancava e capengava ao ritmo dessa melodia.

Um outro sujeito trazia no rosto o selo cinza da morte. Seus lábios estavam torcidos em linhas duras, os dentes trincados. As mãos estavam retintas de sangue, de tanto pressionar a ferida. O homem parecia aguardar apenas o momento de cair de cabeça. Vagava como um espectro de soldado, olhos queimando com a força de uma espiada no desconhecido.

Havia os que iam sombrios, cheios de raiva pelos ferimentos, prontos a denunciar qualquer coisa como a causa obscura deles.

Um oficial era carregado por dois soldados. Estava rabugento. "Não sacoleja desse jeito, Johnson, seu idiota", gritava. "Pensa que a minha perna é de ferro? Se você não consegue me carregar decentemente, me bota no chão e deixa outro fazer o serviço!"

Diante de um ajuntamento manquitolante que impedia a marcha rápida de seus carregadores, trovejou: "Ei, abram caminho aí, não dá? Abram caminho, com todos os diachos!".

Os homens se afastaram mal-humorados, rumo às margens da estrada e, quando o oficial passou, rogaram pragas. Ele se enfureceu e os ameaçou. Mandaram-no se danar.

Os carregadores seguiam com passos pesados. O ombro de um deles acertou com força o soldado espectral que espiava o desconhecido.

O jovem se juntou a essa multidão e marchou com ela. Os corpos estraçalhados davam notícias das terríveis engrenagens em que os homens se emaranharam. Mensageiros e estafetas abriam caminho de vez em quando na multidão, espanando os feridos para os lados e seguindo a galope, acompanhados por vaias. Às vezes, a melancólica procissão também era perturbada por ruidosas carroças da artilharia que vinham sacolejando para cima dos feridos, enquanto os oficiais, aos brados, mandavam abrir caminho.

Havia um homem maltrapilho, imundo de poeira, sangue e chapiscos de pólvora da cabeça aos pés, caminhando quieto perto do jovem. Ouvia com expressão ansiosa e humilde as descrições coloridas de um sargento barbudo. Seu rosto magro e comprido tinha uma expressão de espanto e admiração. Parecia um curioso sorvendo histórias fantásticas entre barricas de açúcar, em algum armazém do interior. Olhava o contador de casos com um indescritível esgar maravilhado. Sua boca se entreabria, como a de um caipira.

O sargento, notando esse fato, fez uma pausa em sua rebuscada história para interpor um comentário irônico. "Cuidado pra não comer mosca, queridinho", disse.

O maltrapilho recuou, envergonhado.

Passados alguns instantes, começou a se aproximar acanhadamente do jovem, tentando fazer amizade. Sua voz era gentil como a de uma moça, os olhos suplicantes. O jovem percebeu com surpresa que o sujeito tinha dois ferimentos, um na cabeça, que estava amarrada com um trapo ensanguentado, e outro que deixava seu braço pendurado como uma flor de caule partido.

Estavam andando lado a lado havia algum tempo, quando o maltrapilho criou coragem para falar. "Foi bem bom o combate, não foi?", disse timidamente. O jovem, imerso em pensamentos, olhou para aquela figura grotesca e ensanguentada, com olhos de cordeiro.

"O quê?"

"Foi bem bom o combate, não foi?"

"Foi", respondeu o jovem, secamente, e apressou o passo.

O outro veio saltitando diligentemente atrás. Havia um pedido de desculpas em seus modos, mas ele evidentemente pensava que bastava esticar um pouco a conversa para que o jovem percebesse o bom sujeito que era.

"Foi bem bom o combate, não foi?", começou numa vozinha baixa, para só então reunir forças e prosseguir. "Juro por qualquer coisa que nunca vi ninguém lutar assim. Arre, como lutaram bonito! Eu sabia que o pessoal ia gostar da coisa quando entrasse nela pra valer. Até agora eles não tinham tido uma chance boa, mas dessa vez a rapaziada mostrou quem é... Eu sempre soube que ia ser assim... Naqueles ali ninguém passa a perna assim fácil, não senhor! É tudo lutador, sabe..."

Encheu os pulmões em humilde admiração. Conforme falava, olhava seguidamente para o jovem em busca de incentivo. Não encontrou nenhum, mas aos poucos foi sendo absorvido pelo assunto.

"Eu estava conversando por cima duma cerca com um rapaz da Geórgia, uma vez que eu estava de sentinela, e esse rapaz falou assim, 'Teu pessoal vai sair correndo desesperado quando ouvir o primeiro tiro', ele falou. 'Pode ser', eu disse, 'mas duvido muito, por tudo o que é sagrado', respondi pra ele, 'pode ser que o seu pessoal é que vai sair correndo desesperado quando ouvir o primeiro tiro', eu peguei e falei. Ele ficou rindo. Bom, o pessoal não saiu correndo hoje, saiu? Não senhor! O pessoal lutou, e lutou bonito!"

Seu rosto, de ar gentil e doméstico, estava banhado numa luz de amor pelo exército, que para ele devia ser a encarnação de tudo o que havia de belo e poderoso.

Depois de algum tempo, voltou-se para o jovem. "Onde te acertaram, meu velho?", perguntou, em tom fraterno.

O jovem sentiu um pânico instantâneo com a pergunta, antes mesmo de compreender todo o seu alcance.

"O quê?"

"Onde te acertaram?", repetiu o maltrapilho.

"Bom", começou o jovem, "e-eu, quer dizer, bom, eu..."

Num movimento súbito, girou nos calcanhares e escorregou por entre a multidão. Sua testa estava muito vermelha. Os dedos brincavam nervosamente com um dos botões do casaco. Curvado, mantinha os olhos fixos no botão, como se ele tivesse algum probleminha.

O maltrapilho o examinava, atônito.

9

O jovem foi retrocedendo na procissão até o maltrapilho sumir de vista. E então, começou a caminhar com
os outros.

Estava cercado de feridos. Aquela massa de homens
sangrava. Por causa da pergunta do maltrapilho, ele
agora sentia que sua ignomínia era visível. Lançava
olhares oblíquos para um lado e para o outro, tentando descobrir se alguém podia ler a culpa marcada a
fogo em sua testa.

Chegava a sentir inveja dos feridos. Tinha a impressão de que as pessoas dilaceradas fossem estranhamente
felizes. Desejou ter também um ferimento grave, um emblema vermelho da coragem.

O soldado espectral seguia perto dele, como uma
censura ambulante, os olhos ainda fixos no desconhecido. O pavoroso rosto cinzento atraíra atenções na multidão e os homens caminhavam com ele, no ritmo lúgubre
de seus passos. Discutiam seu mau estado, faziam perguntas, ofereciam conselhos. Teimosamente, ele os repe-
lia, fazendo gestos para seguirem em frente e o deixarem
só. As sombras de seu rosto se acentuavam. Seus lábios
apertados pareciam reprimir um gemido de profundo
desespero. Percebia-se certa rigidez nos movimentos de
seu corpo, como se ele tomasse infinito cuidado para
não despertar os ardores de seus ferimentos. Andava

dando a impressão de estar procurando um lugar, como alguém que vai escolher um túmulo.

Alguma coisa nos gestos com que o homem acenava para despachar os soldados cheios de piedade e sangue fez o jovem dar um sobressalto, como se levasse uma picada. Deu um grito de horror. Correu na direção do homem e pousou uma mão trêmula em seu braço. Quando o outro virou lentamente o rosto de cera em sua direção, o jovem deu um berro:

"Meu Deus! Jim Conklin!"

O praça alto armou um sorrisinho convencional. "Olá, Henry", disse.

As pernas do jovem se vergaram. Ficou olhando para o homem com expressão estranha. Balbuciou e gaguejou. "Ah, Jim... ah, Jim... ah, Jim..."

O soldado alto ergueu a mão ensanguentada, onde se via uma curiosa combinação negra e vermelha de sangue velho e sangue novo. "Onde você andou, Henry?", perguntou ele. "Achei que podia ser que você tivesse morto. A situação ficou preta hoje. Eu tava bastante preocupado."

O jovem ainda lamentava. "Ah, Jim... ah, Jim... ah, Jim..."

"Sabe...", disse o praça alto, "eu estava lá." Fez um gesto cauteloso. "Nossa, meu Deus, que circo! Aí então, por tudo que é sagrado, me acertaram. Acertaram sim. Por tudo que é sagrado, me acertaram." Reiterava o fato com ar atarantado, parecendo não entender como isso podia ter acontecido.

O jovem avançou para ele com braços ansiosos por ajudar, mas o praça alto continuou firme, como se estivesse sendo empurrado. Desde a chegada do jovem como protetor do amigo, os outros feridos deixavam de mostrar interesse. Ocupavam-se novamente em carregar suas próprias tragédias na direção da retaguarda.

Os dois amigos seguiam seu caminho quando, de repente, o praça alto foi tomado de terror. Seu rosto adquiriu a aparência de uma pasta cinza. Agarrou o braço do jovem e olhou para todos os lados, como se tivesse medo de ser ouvido pelos outros. Então começou a falar, num sussurro vacilante:

"Vou te contar do quê eu tenho medo, Henry... vou te contar do quê eu tenho medo. Eu tenho medo de cair... e aí você sabe... uma maldita carroça de artilharia... é bem capaz de passar por cima de mim. É disso que eu tenho medo..."

O jovem gritou para o outro, histérico: "Eu vou cuidar de você, Jim! Vou cuidar de você! Juro por Deus que vou!".

"Vai... vai mesmo, Henry?", o soldado alto implorou.

"Vou sim, vou sim... estou dizendo... Vou cuidar de você, Jim!", prometeu o jovem. Não conseguia falar direito por causa dos soluços presos na garganta.

O soldado alto continuou a fazer súplicas servis. Agarrou-se como um bebê ao braço do jovem. Seus olhos giravam, enlouquecidos de terror. "Eu sempre fui um bom amigo, não fui, Henry? Sempre fui um sujeito legal, não fui? Não é pedir demais, é? Só me arrasta pra fora da estrada, tá?... Eu ia fazer o mesmo por você, não ia, Henry?"

Em sua lastimável ansiedade, fez uma pausa para aguardar a resposta do amigo.

O jovem tinha atingido um ponto em sua angústia em que os soluços o sufocavam. Esforçava-se para expressar sua lealdade, mas só conseguia fazer gestos estranhos.

No entanto, de súbito, o soldado alto pareceu esquecer-se de todos aqueles temores. Voltou a ser o sinistro espectro ambulante de soldado. Seguia em frente impassível. O jovem queria que o amigo se apoiasse nele, mas, estranhamente, o outro sempre sacudia a cabeça e protestava de maneira muito esquisita. "Não, não... me deixa... me deixa..."

Seu olhar se fixava de novo no desconhecido. Movia-se com algum propósito misterioso, repelindo todos os cuidados do jovem. "Não, não... me deixa, me deixa..."

O EMBLEMA VERMELHO DA CORAGEM

O jovem teve de obedecer.

A certa altura ouviu uma voz falando com delicadeza perto de seu ombro. Voltando-se, viu que era a voz do soldado maltrapilho. "Melhor tirar ele da estrada, parceiro. Tem um canhão vindo a toda velocidade, e ele vai acabar atropelado. De qualquer jeito ele está mais pra lá do que pra cá, dá pra ver que não dura cinco minutos. Melhor tirar ele da estrada. De que inferno ele tira toda essa força?"

"Sabe Deus!?", gritou o jovem, sacudindo as mãos em sinal de impotência.

Deu um passo adiante e agarrou o praça alto pelo braço. "Jim! Jim!", falou em tom persuasivo. "Vem comigo."

O praça alto fez uma débil tentativa de se desvencilhar. "Ahn", disse, aéreo. Ficou olhando para o jovem por um momento. Por fim falou, como se compreendesse vagamente: "Ah! Pro campo? Ah!".

E às cegas enfiou-se pelo mato rasteiro.

O jovem virou-se uma vez para ver passar as montarias e os canhões da artilharia, aos solavancos. Foi arrancado de sua contemplação pelo grito de alerta do maltrapilho:

"Meu Deus! Ele está correndo!"

Virou-se e viu o amigo correndo aos trancos e tropeções na direção de um pequeno grupo de arbustos. Diante da cena, seu coração parecia querer abandonar o corpo. Deu um gemido de dor. Em pouco tempo, ele e o maltrapilho saíam no encalço do outro. Era uma estranha corrida.

Quando alcançou o praça alto, começou a lhe dirigir apelos com todas as palavras que conseguia encontrar. "Jim... Jim... o que você está fazendo... o que houve... você vai se machucar!"

Havia determinação no rosto do praça, que protestava mecanicamente, mantendo os olhos fixos no plano místico de suas intenções. "Não... não... não toca em mim... Me deixa, me deixa!"

O jovem, horrorizado e cheio de assombro com o comportamento do amigo, começou a questioná-lo com voz trêmula. "Aonde você vai, Jim? O que você está pensando? Hein, Jim, me diz..."

O praça alto se virou como se estivesse encarando perseguidores implacáveis. Havia em seus olhos um apelo enérgico. "Me deixa, está bem? Me deixa um minuto!"

O jovem se ressentiu. "Mas Jim...", disse, atordoado, "o que que há com você?!!..."

O praça alto se virou e, capengando de modo periclitante, seguiu em frente. O jovem e o maltrapilho seguiram timidamente atrás, como se tivessem levado uma chibatada e se sentissem incapazes de enfrentar de novo o homem debilitado. Ideias solenes começaram a lhes ocorrer. Havia algo de ritualístico na ação do moribundo, algo que o aparentava a um devoto de alguma religião insana, capaz de chupar sangue, espremer carne, amassar osso. Sentiam um misto de reverência e medo. Deixaram-se ficar para trás, receando um possível acesso do homem a poderes ocultos e tenebrosos.

Por fim, viram-no parar e ficar imóvel. Apressando o passo, distinguiram em seu rosto a expressão de quem finalmente havia encontrado o lugar pelo qual lutara. Seu vulto magro estava ereto; as mãos pendiam calmas ao lado do corpo. O homem esperava pacientemente algo que viera encontrar. Estava no local combinado. O jovem e o maltrapilho aguardaram.

Houve um silêncio.

De repente, o peito do condenado começou a subir e descer num movimento tenso. A violência do ataque foi crescendo até que parecia haver um animal dentro dele, pulando e escoiceando furiosamente para se libertar.

Aquele espetáculo de estrangulamento gradual fez o jovem tiritar. A certa altura, quando o amigo revirou os olhos, viu neles algo que o levou a jogar-se no chão, chorando. Ergueu a voz, num último e supremo chamado.

O EMBLEMA VERMELHO DA CORAGEM

"Jim... Jim... Jim..."

O praça alto abriu a boca e disse, erguendo a mão: "Me deixa... não toca em mim... me deixa...".

Fez-se um novo silêncio de expectativa.

De repente, o corpo do homem se enrijeceu e se aprumou. Depois, foi sacudido por um demorado tremor. Ele fitava o vazio. Para os dois observadores havia uma profunda, estranha dignidade nas linhas firmes de seu rosto medonho.

Uma estranheza aos poucos o envolvia. Por alguns instantes, a tremedeira de suas pernas o fez dançar uma horrenda quadrilha. Seus braços desferiam golpes no ar, junto da cabeça, com entusiasmo demoníaco.

O corpo alto estava teso e esticado ao máximo. Houve um leve ruído de dilaceramento e ele começou a tombar para a frente, lento, reto, como uma árvore caindo. Uma contorção muscular brusca fez seu ombro esquerdo tocar primeiro no chão.

O corpo pareceu quicar levemente ao encontrar a terra.

"Nossa!", disse o soldado maltrapilho.

O jovem acompanhara, enfeitiçado, essa cerimônia no local combinado. As expressões de seu rosto traduziam toda a agonia que imaginava sentir o amigo.

Então, de um salto, chegou mais perto e olhou o rosto vítreo. A boca estava aberta, mostrando os dentes num riso.

Olhando a aba do casaco, aberta ao lado do corpo, o jovem notou que ela parecia ter sido mastigada por lobos.

Voltou-se, pálido e furioso, na direção do campo de batalha. Ergueu um punho ameaçador. Parecia a ponto de disparar um insulto.

"Inferno..."

O sol vermelho estava pregado no céu, como um lacre.[8]

## 10

O homem maltrapilho ficou algum tempo pensativo.

"Olha, esse era um cara de fibra, era ou não era?", disse finalmente, numa voz baixa e respeitosa. "Um cara de fibra." Cutucou de leve, com o pé, uma das mãos dóceis. "De onde será que ele tirava a força dele? Eu nunca tinha visto ninguém fazer uma coisa assim antes. Foi engraçado. Olha, esse era um cara de fibra."

O jovem desejava esgotar em berros toda a sua dor. Sentia-se profundamente ferido, sua língua jazia morta na tumba da boca. Atirou-se novamente no chão, entregue a mórbidas considerações.

O homem maltrapilho estava pensativo.

"Escuta aqui, parceiro", disse, ao fim de algum tempo, olhando para o cadáver enquanto falava. "Ele já passou desta, é ou não é, e a gente precisa começar a cuidar do que é mais importante. Essa história aqui já acabou. Ele já passou desta, é ou não é? Vai ficar bem. Ninguém vai perturbar mais ele. E sabe de uma coisa? Eu também não tenho passado nada bem ultimamente."

O jovem, despertado pelo tom de voz do maltrapilho, levantou a cabeça com um movimento rápido. Viu que o homem vacilava nas pernas bambas, o rosto mudado num tom azulado.

"Meu bom Deus!", gritou. "Você não vai... você também?"

O outro abanou a mão.

"Morrer? Nãão...", disse. "Só quero uma sopa de ervilha e uma boa cama. Uma sopa de ervilha", repetiu, sonhador.

O jovem se levantou. "Não sei de onde ele veio. Eu deixei ele lá", e apontou. "Agora ele está aqui. E estava vindo de lá", acrescentou, indicando outra direção. Ambos se voltaram para o corpo como se fossem lhe perguntar algo.

"Bom...", falou o maltrapilho, depois de algum tempo, "é inútil a gente ficar aqui e tentar perguntar qualquer coisa pra ele."

O jovem aquiesceu com a cabeça, exausto. Os dois passaram a olhar para o corpo por mais um instante. O jovem murmurou alguma coisa.

"Esse era um sujeito de fibra, não é?", disse o maltrapilho como que em resposta.

Viraram as costas e saíram andando. Durante algum tempo pisaram de leve, na ponta dos pés. O corpo ficou lá na grama rindo.

"Estou começando a me sentir bem mal", disse o soldado maltrapilho, quebrando de repente um de seus curtos silêncios. "Estou começando a me sentir mal de verdade."

"Ai meu, Deus", grunhiu o jovem, com medo de ser mais uma vez a sofrida testemunha de um encontro macabro.

O companheiro fez um gesto tranquilizador com a mão. "Ah, eu ainda não vou morrer! Tem coisa demais que depende de mim pra eu morrer agora. Não senhor! Morrer? *Não posso!* Precisa ver a ninhada de pequenos que eu tenho."

Olhando de relance para o companheiro, o jovem percebeu pela sombra de um sorriso que ele fazia algum tipo de piada.

Enquanto caminhavam, o maltrapilho continuava a falar. "Além do mais, se eu fosse morrer, não ia morrer que nem aquele sujeito... Aquilo foi uma coisa muito gozada... Eu não. Ia só cair e empacotar, pronto. Nunca vi ninguém morrer do jeito que aquele lá morreu.

"Conhece o Tom Jamison? É meu vizinho, lá na minha terra. Um sujeito decente, o Tom, sempre fomos bons amigos. Esperto também. Esperto feito uma ratoeira. Bom, quando a gente estava combatendo hoje, não mais que de repente ele começou a balançar os braços e berrar pra mim: 'Te acertaram, seu pecador dos infernos', ele falou. Ele é horrível rogando praga. Botei a mão na cabeça e quando olhei pros meus dedos eu vi que era verdade, tinham me acertado mesmo. Aí dei um pulo e comecei a correr, mas nem deu tempo, porque outro tiro me acertou no braço e me fez rodopiar. Aquilo de todo mundo ficar atirando nas minhas costas me assustou e eu tentei correr mais do que as balas, mas me pegaram de jeito. Acho que eu estava lutando até agora, se não fosse o Tom Jamison."

Então, calmamente, anunciou: "Eu tenho dois. Pequenos. Mas já estão começando a brincar comigo agora. Acho que não aguento andar muito mais não...".

Andavam devagar, um silêncio. "Você parece bastante derrubado também", disse afinal o maltrapilho. "Aposto que tem aí um ferimento bem pior do que você imagina. É bom cuidar disso, rapaz. Não adianta fingir que não é nada, esperar passar. Pode ser mais por dentro, onde o estrago é maior. Onde é que fica?", perguntou, mas continuou a arengar sem esperar pela resposta. "Eu vi um sujeito levar uma bala no meio da cabeça, uma hora que o regimento tava em formação de descanso. Todo mundo perguntou pra ele: 'Machucou, John? Machucou muito?'. 'Não', ele falou. Parecia assim meio espantado, aí começou a contar como é que estava se sentindo. Disse que não estava sentindo nada. Mas, juro pelo meu pai, antes de ter tempo de piscar, o sujeito já estava morto. Isso mesmo, morto... mortinho. Entendeu? É melhor tomar cuidado. Você pode ter algum tipo de ferimento esquisito desse também. Nunca se sabe. Onde é que é?"

O jovem se contorcera desde a introdução daquele assunto. Depois soltou um rugido exasperado e fez um movimento furioso com a mão. "Ora, não amola!", disse. Estava com muita raiva do maltrapilho, era capaz de esganá-lo. Todos os companheiros pareciam insuportáveis. Estavam sempre cutucando o fantasma de sua vergonha com a vara da curiosidade. Virou para o maltrapilho, sentindo-se encurralado. "Não amola...", repetiu, numa ameaça desesperada.

"Olha, Deus sabe que eu não quero amolar ninguém...", disse o outro; havia um tonzinho angustiado em sua voz ao continuar. "Deus sabe que já tenho o bastante pra me preocupar."

O jovem estivera numa amarga discussão consigo mesmo e, lançando um olhar de ódio e desprezo ao maltrapilho, disse em voz dura: "Adeus".

O sujeito olhou para ele de boca aberta, pasmo. "Mas... mas por quê, parceiro, aonde você está indo?", perguntou com voz débil. Olhando para ele, o jovem percebeu que, a exemplo do outro, aquele parecia estuporado, como um bicho. Os pensamentos revolviam em sua cabeça. "Olha, espera... olha aqui, Tom Jamison... espera, não aceito uma coisa dessas... de jeito nenhum. Onde... onde você está indo?"

O jovem deu uma resposta vaga. "Pra lá."

"Então, olha aqui... olha, espera", disse o maltrapilho, gaguejando como um idiota, a cabeça pendia para a frente e as palavras saíam arrastadas. "Isso eu não aceito, Tom Jamison. De jeito nenhum. Eu te conheço, seu porco dos infernos. Você quer sair zanzando por aí com um ferimento feio... Não... não está certo... não está. Não dá!"

Em resposta, o jovem pulou uma cerca e se afastou. Ouvia o maltrapilho mugindo sua súplica.

A certa altura voltou-se, irritado. "O que foi?"

"Olha aqui... espera, Tom Jamison... olha, não está..."

O jovem seguiu em frente. De longe, virou-se e viu o maltrapilho, em seu desamparo, caminhando à toa pelo campo.

Achou que seria melhor estar morto. Passara a acreditar que invejava os cadáveres espalhados pelos campos e pelas folhas secas da mata.

As perguntas simples do maltrapilho tinham sido punhaladas para ele. Falavam de uma sociedade que fustiga os segredos sem dó, até que todas as verdades venham à tona. A insistência casual do ex-companheiro mostrava que seria impossível manter o crime escondido no peito. Era evidente que seria desmascarado por uma dessas flechas que infestam o ar e estão sempre picando, descobrindo, proclamando coisas que seria melhor manter ocultas para sempre. Reconheceu que não saberia se defender daquela força. Contra ela, toda a vigilância seria inútil.

# 11

Notou que o ruído de fornalha do combate recrudescia. Gigantescas nuvens marrons vieram flutuando até as mais altas camadas do ar parado à sua frente. O fragor também se aproximava. Filtrando-se pela mata surgiram soldados, que logo salpicaram os campos.

Contornando um pequeno morro, viu que a estrada era agora uma massa ruidosa de carroças, parelhas e homens. Do ondulante rebuliço subiam exortações, ordens, palavrões. O medo se espalhava sobre tudo. Chicotes estalavam e mordiam enquanto os cavalos tentavam, aos arrancos, mover seus fardos. As carroças, com suas coberturas brancas, faziam um enorme esforço, mas só conseguiam ir aos solavancos, como carneiros gordos.

O jovem sentia-se até certo ponto reconfortado com aquela visão. Batiam em retirada. Assim, talvez não estivesse tão mal... Sentou-se no chão e ficou contemplando as carroças tangidas pelo medo. Fugiam como bichos dóceis e desajeitados. Os carroceiros, esgrimindo gritos e açoites, ajudavam a amplificar os riscos e os horrores da batalha, de modo que poderia tentar provar a si mesmo que aquilo de que poderiam acusá-lo era na verdade um ato simétrico. Assim, com boa dose de prazer, assistiu ao louco desfile de seu desagravo.

A serena cabeça de uma coluna de infantaria apareceu a certa altura na estrada, em sentido contrário, deslocando-se com agilidade. Para evitar os obstáculos, ganhou os movimentos sinuosos de uma serpente. Os homens que seguiam à frente afastavam os animais batendo neles com cabos de espingarda e gritavam com os carroceiros, que, no entanto, não arredavam um centímetro. A infantaria teve de forçar passagem pelos trechos mais densos da massa humana. A ponta rombuda da coluna avançava. Os carroceiros, coléricos, xingavam estranhos palavrões.

As ordens de abrir caminho soavam solenes. Aqueles homens estavam indo diretamente para o coração do tumulto. Enfrentariam a fúria do inimigo. Sentiam enorme orgulho de seu avanço quando o restante das tropas parecia apenas escorrer estrada abaixo. Espanavam as parelhas do caminho com a deliciosa sensação de que nada tinha a menor importância, contanto que chegassem a tempo à frente de batalha. Essa convicção tornava suas expressões duras, graves. As costas dos oficiais estavam muito eretas.

Olhando para eles, o jovem sentiu mais uma vez o peso tenebroso de seu infortúnio. Estava a contemplar um desfile de eleitos. A distância que o separava daqueles homens lhe parecia tão grande quanto seria se eles marchassem com armas de fogo e estandartes de sol. Jamais seria como eles. Poderia chorar de ansiedade.

Vasculhou a mente em busca de um insulto adequado à causa indefinida, aquele algo em que a humanidade acaba despejando as sentenças finais da culpa. Aquilo — fosse o que fosse — era responsável por seu ato, disse a si mesmo. O problema estava ali.

A pressa da coluna para alcançar o campo de batalha pareceu ao desalentado jovem bem melhor do que a luta violenta. Heróis, pensava ele, podiam encontrar desculpas naquela longa estrada fervilhante. Podiam se aposentar com seu amor-próprio intacto e apresentar desculpas às estrelas.

Perguntava-se o que teriam comido aqueles homens para dispor de tanta urgência em cumprir o encontro marcado com as sombrias probabilidades de morrer. Enquanto observava, sua inveja foi crescendo até lhe ocorrer que gostaria de trocar de vida com um deles. Sim, adoraria lançar mão de um poder tremendo, disse, para abandonar-se à luta e se tornar um dos melhores. Imagens de si mesmo, à distância mas ainda em si, vieram-lhe à mente — um triste velho desesperado encabeçando o assombroso ataque com um joelho à frente e uma espada partida para cima —, um vulto resoluto e triste, de pé à frente de um ataque de sangue e aço, morrendo calmamente em algum ponto elevado, diante dos olhares gerais. Pensou na magnífica tristeza que seu corpo morto inspiraria.

Essas ideias ergueram seu ânimo. Sentiu o arrepio da vontade de guerrear. Gritos de vitória ecoaram em seus ouvidos. Compreendeu o frenesi de um rápido ataque fulminante. A música dos pés marchando, as vozes cortantes, o tinido das armas da coluna próxima fizeram o jovem ganhar os céus nas asas vermelhas da guerra. Por alguns instantes, foi sublime.

Achou que partiria em direção à frente de batalha. Chegou a imaginar uma cena em que, sujo de terra, encovado e resfolegante, voava até a frente no momento exato de esganar a bruxa furtiva da calamidade. Nesse momento, as dificuldades da empreitada começaram a se fazer sentir. Hesitou, oscilando num pé só, desajeitado.

Não tinha nenhum rifle; não podia lutar com as mãos, disse ele a seu projeto, ressentido. Bem, rifles podiam ser apanhados pelo caminho... Eram de uma profusão extraordinária. Além disso, prosseguia, seria milagre encontrar o regimento. Ora, podia lutar em qualquer outro...

Começou a avançar lentamente, como se esperasse tropeçar em algum explosivo. As dúvidas lutavam com ele.

Seria um perfeito verme se qualquer um de seus companheiros o visse retornar assim, as marcas da fuga impressas no corpo inteiro. Retrucou que bons guerreiros não dão a mínima importância ao que acontece na retaguarda, desde que não aparecesse nenhuma baioneta hostil. No borrão da batalha, seu rosto tinha estado de certa forma oculto, como o de um homem encapuzado.

Mas nesse ponto argumentou que seu destino inevitável seria aguardar o momento em que, passado o calor da luta, alguém lhe viesse cobrar explicação. Em imaginação, sentiu o escrutínio dos companheiros e se viu no meio deles, ridículo, inventando umas mentiras.

A certa altura, diante das objeções, sua coragem se esgotou. A discussão o esvaziara de todo o fogo. Não se abateu com a derrota de seu plano. Examinando a questão com cuidado, não podia deixar de reconhecer que os senões eram formidáveis.

Além do mais, incômodos variados começavam a se fazer notar. Diante deles, já não podia voar alto com as asas da guerra; era quase impossível retratar-se em luz heroica. Despencou das nuvens, caindo em si.

Deu-se conta de uma sede cáustica. Seu rosto estava tão seco e sujo que de vez em quando sentia a pele rachar. Cada osso em seu corpo abrigava uma dor, como se fosse quebrar ao menor movimento. Seus pés eram dois martírios. Além disso, seu corpo pedia comida. Era bem mais do que uma fome comum. Veio-lhe de repente uma sensação de peso bruto no estômago e, quando tentou dar um passo, a cabeça começou a girar. Cambaleou. Não enxergava com clareza. Pequenas manchas de neblina verde flutuavam diante de seus olhos.

Embora tenha sido tangido por emoções, não tinha consciência desses males. Agora eles o acossavam e faziam alarde. Vendo-se finalmente obrigado a lhes dar atenção, sua capacidade de se odiar foi multiplicada. Concluía, desesperado, que não era como os outros. Admitia agora que jamais seria um herói. Era um covarde desprezível. Suas visões de glória eram tristes. Soltou um gemido do fundo do coração e saiu cambaleando. Um certo instinto de mariposa o mantinha nas vizinhanças da batalha. Desejava ver e ouvir as novidades. Queria saber quem estaria vencendo...

Disse para seus botões que, apesar da dor inaudita que sentia, jamais perdera a ambição da vitória; contudo, acrescentou, com um breve pedido de desculpas à própria consciência, não tinha como ignorar que uma possível derrota do exército naquela ocasião lhe traria uns tantos efeitos benéficos. Os golpes do inimigo reduziriam regimentos a estilhaços. Sendo assim, raciocinou, muitos homens de coragem seriam obrigados a desertar suas cores e correr feito galinhas. Seria confundido com um deles. Estariam todos irmanados na queda, às voltas com a mesma derrota, e o jovem poderia acreditar facilmente que não correra mais longe ou mais rápido do que eles. Se conseguisse ter fé na integridade de suas próprias virtudes, pensou, não seria muito difícil convencer os outros.

Como se se justificasse de alimentar tal esperança, observou que em outras ocasiões o exército conhecera derrotas tremendas para, em poucos meses, sacudir tudo o que elas representavam de sangue e tradição, emergindo com o brilho e a bravura de um organismo novo em folha; mandando para bem longe das vistas a memória do desastre e ressurgindo com o garbo e a confiança das legiões invictas. Vozes esganiçadas ganiriam suas dores por algum tempo, mas muitos generais já tinham sido obrigados a ouvir esses ditirambos. Ele, naturalmente, não sentia o menor pudor em oferecer um general em sacrifício. Como não podia saber quem escolheriam para imolar, estava incapacitado de lhe dirigir qualquer simpatia. As pessoas julgavam à distância, e o jovem não confiava na precisão da opinião pública formada de longe. Era bastante provável que pegassem o homem errado, um infeliz que, depois de se recuperar da perplexidade, passaria o resto de seus dias escrevendo respostas às trovas de seu suposto fracasso. Seria lamentável, sem dúvida, mas no meio de tudo aquilo um general, para o jovem, não tinha a menor importância.

Numa derrota ele estaria desagravado por todos os lados. Imaginou que aquilo provaria, de certa maneira, que fugira primeiro devido a dotes superiores de percepção. Um profeta sério, prevendo uma enchente, há de ser o primeiro a trepar numa árvore. Aquilo demonstraria ser ele, de fato, um homem de visão.

Esse desagravo moral era tido pelo jovem como de suprema importância. Sem essa salvação, imaginava, não conseguiria carregar o dolorido emblema da desonra pela vida afora. Com seu coração a lhe dizer sem trégua que era desprezível, seria impossível viver sem que essa convicção, por meio de seus atos, ficasse evidente para todos.

Se o exército saísse do episódio coberto de glória, ele estaria perdido. Se aquele alarido quisesse dizer que suas bandeiras seguiam avançando, inclinadas para a frente, ele seria um trapo amaldiçoado, forçado a se condenar ao isolamento. Se naquele momento os homens seguiam em frente, suas botas descuidadas estariam pisoteando as chances do jovem de ter uma vida satisfatória.

Voltou-se contra esses pensamentos, que passavam acelerados em sua cabeça, e tentou enxotá-los. Acusava-se de vilania. Declarava ser a pessoa mais indizivelmente egoísta de toda a criação. Sua imaginação pintava soldados interpondo corpos desafiadores às lanças de inimigos ululantes. Vendo seus cadáveres perfurados sobre um campo imaginário, pronunciou-se assassino desses homens.

Mais uma vez pensou que preferia estar morto. Julgou invejar os defuntos. Meditando sobre os caídos, veio a desenvolver um ódio profundo de alguns deles, como se lhes coubesse a culpa de terem perdido a vida. Talvez houvessem morrido por um golpe de sorte, antes que se lhes apresentasse a oportunidade de sair correndo; antes, portanto, do teste real. E no entanto seriam laureados pela tradição... Vociferava que suas coroas eram roubadas, e seus mantos, a serem tecidos de memórias gloriosas, um embuste. Mesmo assim, considerava uma lástima não ser um deles.

A derrota do exército se insinuara ao jovem como um modo de escapar das consequências de sua queda. Agora começava a pensar que era inútil imaginar tal possibilidade. Fora educado para dar como certo o sucesso da possante máquina azul, capaz de fabricar vitórias como outras engenhocas fabricam, por exemplo, botões. Terminou por descartar todas as especulações em contrário. Retornou ao credo dos soldados.

Quando voltou a compreender que a derrota do exército era impossível, tentou conceber uma história que pudesse levar de volta ao regimento e usar como escudo contra as flechadas do escárnio.

No entanto, como temia as setas mortalmente, não conseguia inventar uma confiável. Experimentou várias intrigas e descartou todas, uma a uma, por frágeis. Era rápido em ver nelas os pontos vulneráveis.

Além disso, tinha muito medo de que alguma flecha de escárnio lhe viesse abater a disposição mental antes que pudesse erguer sua historinha protetora.

Imaginou o regimento inteiro dizendo: "Onde anda o Henry Fleming? Ele fugiu, não fugiu? Ah, minha nossa!". Lembrava-se de muitos rapazes que certamente não lhe dariam sossego com aquilo. Fariam interrogatórios cheios de sarcasmo, sem dúvida, rindo de sua hesitação gaguejante. Na próxima batalha, tentariam não despregar o olho dele, para ver quando fugiria.

Aonde quer que fosse no acampamento, encontraria olhares longos, insolentes e cruéis. Imaginou-se passando perto de um grupo de companheiros e ouvindo um deles dizer, "Lá vai ele!".

Nesse momento, como se as cabeças do grupo fossem movidas por um só músculo, todos se voltaram para ele com amplos sorrisos de escárnio. Parecia-lhe ouvir alguém fazer um comentário jocoso em voz baixa. Os outros se dobravam de rir. Ele era uma pilhéria.

## 12

A coluna que arremetera rijamente contra os obstáculos da estrada mal saíra da vista do jovem, e já se via uma maré escura de homens jorrando da floresta para os campos. Soube imediatamente que as fibras de aço lhes tinham sido arrancadas do coração. Correndo, os homens tentavam se livrar de seus casacos e apetrechos como de um estrangulamento. Vinham em sua direção feito búfalos espavoridos.

Atrás deles, uma fumaça azul subia espiralando até formar uma nuvem sobre as copas das árvores. Através do mato, de vez em quando se via um lampejo longínquo e rosado. As vozes dos canhões trovejavam num coro interminável.

O jovem foi tomado de horror. Seu olhar era de um pasmo angustiado. Esqueceu que estava empenhado em combater o universo. Botou fora seus panfletos mentais sobre a filosofia dos fujões e os mandamentos básicos dos danados.

A luta estava perdida. Os dragões vinham com ímpeto invencível. O exército, desamparado no mato denso e cego pela noite iminente, seria engolido. A guerra, aquela besta vermelha, a guerra, aquele deus cevado a sangue, incharia até não caber mais nenhuma gota.

Alguma coisa em seu íntimo tentava sair em forma de grito. Sentia o ímpeto de fazer um discurso arrebatador, cantar um hino de batalha, mas só conseguiu obrigar sua língua a dizer para o vento: "Po-por quê? Qual... qual é o problema?".

Logo estava rodeado por eles. De passagem, davam saltos, contorciam-se. Seus rostos descorados luziam no lusco-fusco do entardecer. Pareciam, em sua maioria, homens robustos e valentes. Enquanto passavam a galope, o jovem olhava de um para outro. As perguntas incoerentes se perdiam. Era soberana a indiferença dos homens a seus apelos. Não pareciam enxergá-lo.

De vez em quando soltavam balbucios tresloucados. Um homem imenso passou pelo jovem perguntando aos céus: "Ei, onde tá a estrada? Onde tá a estrada?". Era como se houvesse perdido um filho. Em sua dor e desespero, chorava.

A certa altura, os soldados passaram a correr de lá para cá em todas as direções. A artilharia pesada tonitruava na frente, atrás e dos lados, embaralhando a noção de direção, e os pontos de referência haviam desaparecido na penumbra que se adensava. O jovem começou a imaginar que fora dar no centro daquela tremenda confusão, e não conseguia ver uma saída. Dos homens em fuga vinham mil perguntas ferozes, ninguém dava respostas.

Depois de se esfalfar andando de um lado para o outro e interrogando os bandos indiferentes de soldados fujões, o jovem por fim agarrou o braço de um homem. Por um momento giraram juntos, um de frente para o outro.

"Po-por quê...?", gaguejou o jovem, lutando com sua língua travada.

O homem gritou: "Me solta! Me solta!". Em sua cara lívida, os olhos pulavam descontroladamente. Ele arquejava. Ainda estava agarrado a seu rifle, talvez por ter esquecido de abrir a mão e soltá-lo. Saiu forçando o passo, frenético, arrastando por alguns metros o jovem pendurado nele.

"Me solta! Me solta!"

"Po-por quê...?", tartamudeou o jovem.

"Então está bem!", berrou o homem, numa fúria terrível. Num movimento rápido, girou ferozmente o rifle. Atingiu em cheio a cabeça do importuno e saiu correndo. Assim que veio a pancada, os dedos do jovem viraram uma pasta no braço do outro. Toda a energia foi sugada de seus músculos. Roçaram seus olhos as asas de fogo de um relâmpago. Dentro da cabeça, rolou um trovão ensurdecedor.

De repente, suas pernas pareciam morrer e ele desabou no chão, trêmulo. Tentou se levantar. Em seus esforços contra a dor entorpecente, parecia um homem lutando contra uma criatura de vento.

Seguiu-se um embate sinistro.

Às vezes conseguia atingir uma posição semiereta, mas aí lutava outra vez com o ar por alguns instantes e voltava a cair, agarrando a grama. Seu rosto era de uma palidez úmida e viscosa. Gemidos profundos lhe saíam a custo das entranhas.

Por fim, girando o corpo, conseguiu se apoiar nas mãos e nos joelhos, e dessa posição, como um bebê aprendendo a andar, pôs-se de pé. Mas aí, levando as mãos com força até as têmporas, desabou de novo.

Lutava uma dura batalha contra o próprio corpo. Seus sentidos embotados queriam que adormecesse, mas ele os enfrentava com teimosia, imaginando os riscos desconhecidos e as mutilações que aguardavam os caídos. Agia à maneira do soldado alto, tentando conceber locais protegidos onde se pudesse abandonar sem que o perturbassem. Naquela busca, nadava contra as marés de sua dor.

A certa altura levou a mão ao alto da cabeça e tocou timidamente a ferida. A dor áspera do contato o fez sorver um longo fôlego entre dentes cerrados. Os dedos voltaram sujos de sangue. Ficou olhando fixamente para eles.

Ouviu à sua volta os solavancos de canhões puxados a duras penas por cavalos fogosos, impiedosamente chicoteados pelos carroceiros. Um jovem oficial num malhado impetuoso quase o atropelou. Ele se virou para observar a massa de armas, homens e cavalos que descreviam uma ampla curva na direção de uma abertura na cerca. O oficial fazia sinais agitados com a mão enluvada. Os canhões seguiam as parelhas de má vontade, como se os arrastassem pelos tornozelos.

Alguns oficiais da infantaria fujona vituperavam feito velhas desbocadas. As sonoras pragas se faziam ouvir sobre o alarido. Então, àquela indizível algaravia no meio da estrada, assomou um esquadrão de cavalaria. O amarelo-claro de suas golas exibia briosas cintilações. Seguiu-se uma discussão feroz.

Logo a artilharia estava se agrupando, como que para uma conferência.

A névoa azul da noite cobria os campos. Os contornos da floresta eram longas sombras arroxeadas. Uma nuvem se estendia a oeste, parcialmente sufocando o vermelho.

O jovem deixava aquela cena para trás, quando ouviu o estrondo dos canhões. Imaginou-os trêmulos, tomados de negra fúria. Cuspiam e urravam como demônios de bronze guardando um portão. O ar suave se encheu de ressonâncias tremendas. No meio delas soou o zunido estilhaçador do fogo de infantaria, respondendo. Virando-se para olhar para trás, via lâminas de luz alaranjada iluminando a vastidão da penumbra. Pequenos relâmpagos, súbitos e sutis, iluminavam o ar na distância. Por instantes, julgou ver turbas ondulantes de soldados.

Apressou-se no crepúsculo. Escurecera tanto, que mal distinguia onde pisar. A penumbra avermelhada estava cheia de homens balbuciando sermões e palavrórios sem sentido. De vez em quando via-os gesticulando contra o azul-escuro do céu. Parecia haver um bocado de homens e munição espalhados pelos campos e pela floresta.

A estradinha estreita agora estava sem vida. Carroças viradas lembravam grandes pedras redondas, alisa-

O EMBLEMA VERMELHO DA CORAGEM

129

das pelo tempo. O leito do que fora a correnteza estava engasgado com cavalos mortos e partes estilhaçadas de máquinas de guerra.

Chegou, enfim, um momento em que sua ferida o incomodava menos, embora temesse desagradá-la se andasse rápido demais. Mantinha a cabeça imóvel e precavia-se contra os tropeções. Ia devagar, tenso, com o rosto contraído na antecipação da dor que adviria de qualquer súbito engano de seus pés no escuro.

Enquanto andava, o foco de seus pensamentos era o ferimento. Uma sensação fresca e molhada vinha de lá; imaginava o sangue escorrendo devagar sob os cabelos. A cabeça parecia tão inchada, que chegou a considerar o pescoço francamente inadequado.

Esse novo silêncio da ferida o preocupava bastante. As vozes supliciantes de dor que haviam berrado no couro cabeludo eram, pensava ele, irrefutáveis em sua expressão de perigo. Por elas, julgava ser capaz de medir sua desgraça. No entanto, quando elas permaneciam sinistramente caladas, ele se assustou e imaginou dedos tétricos agarrando seu cérebro.

Em meio a tudo isso, refletia sobre vários incidentes e circunstâncias do passado. Recordou-se de certas refeições preparadas pela mãe, cujos pratos principais eram justamente os que mais apreciava. Viu a mesa posta. As paredes de pinho da cozinha refletiam a luz quente do fogão. Lembrou-se também de como ele e seus companheiros costumavam ir da escola até o remanso sombreado do rio. Via suas roupas largadas de qualquer jeito na grama da margem. Sentiu a carícia da água aromática sobre seu corpo inteiro. As folhas de um bordo alto, inclinado sobre o rio, farfalhavam melodiosamente ao vento do jovem verão.

Foi tomado por uma enfadonha exaustão. A cabeça pendia para a frente e os ombros estavam arqueados, como que sob o peso de um fardo gigantesco. Os pés se arrastavam pelo chão.

Começou a se debater entre duas ideias, a de deitar-se no chão em algum lugar por perto e dormir, e a de se forçar a prosseguir até encontrar abrigo. De vez em quando tentava se livrar da dúvida, mas seu corpo continuava a se rebelar, e os seus sentidos o azucrinavam como crianças mimadas.

Por fim, ouviu uma voz calorosa junto ao ombro: "Você parece bem estropiado, hein, rapaz?".

O jovem não olhou para ele, mas assentiu com a língua espessa. "Ahn!"

O dono da voz calorosa segurou seu braço com firmeza. "Bom", disse, com uma risada rotunda, "eu estou indo pra lá também. Todo mundo está indo pra lá. Acho que posso te dar uma carona." Começaram a andar, parecendo um bêbado e seu amigo.

Enquanto andavam, o homem interrogava o jovem e o ajudava nas respostas, como se manipulasse a mente de uma criança. De vez em quando interpunha o relato de um e outro fato. "Qual é o seu regimento? Hã? O que você disse? O 304º de Nova York? A que brigada pertence isso? Ah, é? Puxa, pensei que eles não tinham tomado parte hoje, que eles estavam bem mais lá pro centro. Ah, foi? Bom, hoje quase todo mundo deve ter tido seu quinhão de guerra. Juro pelo meu pai, eu mesmo me dei como morto um punhado de vezes. Era tiroteio aqui e tiroteio lá, bomba zunindo aqui e bomba zunindo lá, aquela escuridão dos infernos, e chegou uma hora que eu já não sabia mais qual era o meu lado. Às vezes achava que era de Ohio sem a menor dúvida, mas outras vezes podia jurar que tinha nascido bem na pontinha da Flórida. Foi a coisa mais confusa que eu já vi. Essa floresta está que é uma lambança só. Vai ser um milagre a gente encontrar nossos regimentos esta noite. Mas logo vão aparecer os guardas e os enfermeiros, uma coisa ou outra. Opa! Lá vão eles carregando um oficial, parece. Olha a mão do homem raspando no chão. Esse aí não

O EMBLEMA VERMELHO DA CORAGEM

vai querer mais nem ouvir falar de guerra. Quero ver ele
ficar se gabando da sua grande reputação e tal na hora
que forem serrar a perna dele. Coitado! Meu irmão tem
uma barba igualzinha. Mas como é que você veio parar
aqui, afinal? Seu regimento tá bem longe, não tá? Bom,
mas acho que a gente encontra ele. Sabe, teve um garoto
que morreu na minha companhia hoje que eu gostava
demais. Jack era meu amigo, um bom sujeito. Desgraça,
doeu pra burro ver o velho Jack cair duro daquele jeito.
A gente estava parado bem quieto uma hora lá, apesar
de passar homem correndo pra tudo que é lado em volta,
e aí, no que a gente está parado, vem um sujeito enorme
de gordo e começa a cutucar o cotovelo do Jack, falando: 'Ei, onde fica a estrada que vai dar no rio?'. E o Jack
nem aí, mas o sujeito continuou cutucando o cotovelo
dele e dizendo: 'Ei, onde fica a estrada que vai dar no
rio?'. O Jack continuou olhando pra frente na expectativa de ver os Johnnies chegarem pela mata, não deu
a menor bola pro sujeito enorme de gordo durante um
tempão, mas uma hora ele não aguentou mais, virou pro
homem e falou: 'Vai pro inferno que você encontra a estrada que vai dar no rio!'. Foi nesse instante que um tiro
pegou ele bem do lado da cabeça. Era sargento, sabe.
Foram as últimas palavras dele. Ah, como eu queria que
a gente achasse os nossos regimentos esta noite. Vai ser
uma longa caçada. Mas eu acho que a gente consegue."

Na busca que se seguiu, o homem de voz calorosa
parecia ao jovem ter uma varinha de condão. Movia-
-se pelo labirinto da floresta espessa guiado por uma estranha sorte. Quando deparavam com os guardas e as
patrulhas, exibia a astúcia de um detetive e a coragem
de um moleque vadio. Todos os obstáculos tombavam
diante dele, transmutando-se em coisas úteis. O jovem,
com o queixo colado ainda ao peito, ficava parado, rígi-
do como um pau, enquanto o companheiro abria caminho pelas situações mais desalentadoras.

A floresta parecia conter uma colmeia gigante de soldados zumbindo em círculos frenéticos, mas o homem caloroso conduzia o jovem sem cometer um erro sequer, até que a certa altura começou a soltar risinhos de alegria e satisfação. "Ah, olha lá! Está vendo aquele fogo?" O jovem balançou a cabeça com ar parvo.

"Bom, é lá que está o seu regimento. Agora adeus, meu velho, e boa sorte pra você."

Uma mão morna e firme agarrou por um instante os dedos lassos do jovem. Ele ouviu o homem dar um assobio alegre e jovial ao se afastar. Sabendo que quem tão bem o acolhera estava desaparecendo para sempre de sua vida, ocorreu-lhe de súbito que em nenhum momento vira o seu rosto.

13

O jovem seguiu lentamente na direção do fogo apontado pelo amigo que partira. Avançando aos poucos, pensou nas boas-vindas que os companheiros lhe dariam. Estava certo de que logo sentiria em seu coração dolorido os golpes espinhosos do ridículo. Não tinha forças para inventar uma história; seria um alvo fácil.

Fez planos vagos de se embrenhar na escuridão mais profunda e ficar escondido, mas eles foram aniquilados pelas vozes da exaustão e da dor que subiam de seu corpo. Os ferimentos, aos gritos, forçavam-no a procurar a qualquer custo um lugar onde houvesse comida e descanso.

Oscilou, incerto, em direção ao fogo. Divisava formas humanas projetando sombras negras contra a luz vermelha; chegando mais perto, viu que o chão estava forrado de homens adormecidos.

De repente, viu-se diante de uma silhueta negra monstruosa. Um cano de espingarda rebrilhou no escuro. "Alto! Alto!" Ele ficou sem ação por um momento, mas logo julgou reconhecer a voz nervosa. Cambaleando à frente do cano da espingarda, disse: "Ei, olá, Wilson, você... é você mesmo?".

O rifle tombou até uma posição cautelosa e o praça gritalhão avançou devagar. Fitava intensamente o rosto do jovem. "É você, Henry?"

"É, sou... sou eu."

"Ora, ora, meu velho", disse o outro, "caramba, que bom te ver! Achei que você já tinha ido. Dava como certo que você estava morto." Havia uma rouquidão emocionada em sua voz.

O jovem então se deu conta de que mal se aguentava nas pernas. Suas forças se esgotaram de vez. Ocorreu-lhe que precisava se dedicar imediatamente à criação de uma história que o protegesse dos golpes já preparados nos lábios dos perigosos companheiros. Assim, cambaleando diante do praça gritalhão, começou: "É, é isso. Eu... eu cortei um dobrado. Estive num monte de lugares. Bem lá pra direita. Brigas terríveis, eu vi. Cortei um dobrado... Me perdi do regimento. Mais lá pra direita, e levei um tiro. Na cabeça. Nunca vi guerra assim. Um dobrado. Não sei como foi que me perdi do regimento. Ah, e levei um tiro".

O amigo deu um passo à frente. "O quê? Um tiro? Por que não disse logo? Coitado, a gente precisa... espera um minuto; o que que eu estou fazendo? Vou chamar o Simpson."

Naquele momento, um novo vulto emergiu da penumbra. Viram que era o cabo. "Está conversando com quem, Wilson?", inquiriu o homem. Seu tom era de irritação. "Está conversando com quem? Sua sentinela de meia-tigela, eu... ei, olá, Henry, você por aqui? Pensei que você estava morto há quatro horas! Pelos sinos de Jerusalém, de dez em dez minutos chega um! A gente achava que tinha perdido quarenta e dois homens na primeira contagem, mas se vocês continuarem chegando desse jeito, a companhia fica completa antes de o sol nascer. Onde você andou?"

"Mais pra direita. Eu me perdi", começou o jovem, forçando um tom natural.

Mas já seu amigo o interrompia, afobado. "É, e levou um tiro na cabeça, está em apuros, temos que cuidar dele." Descansou o rifle no arco do braço esquerdo e passou o direito em torno do ombro do jovem.

O EMBLEMA VERMELHO DA CORAGEM     135

"Nossa, deve doer pra diabo!"

O jovem entregou seu peso ao suporte do amigo. "Dói, sim... dói à beça", respondeu. Sua voz hesitava.

"Oh", disse o cabo; passou seu braço sob o do jovem e o puxou para si. "Vem, Henry. Vou cuidar de você."

Iam se afastando quando o praça gritou: "Bota ele pra dormir no meu cobertor, Simpson. E... espera um minuto, leva o meu cantil. Está cheinho de café. Dá uma olhada na cabeça dele perto do fogo e avalia a situação. Pode ser que o problema seja sério. Quando eu for rendido daqui a pouco, sigo pra lá e fico com ele".

Os sentidos do jovem estavam tão amortecidos que a voz de seu amigo soava distante e ele mal sentia a pressão do braço do cabo. Submetia-se passivamente à força dele. Sua cabeça estava naquela posição que tinha adotado, pendendo para a frente, de encontro ao peito. Seus joelhos chacoalhavam.

O cabo o conduziu para o clarão da fogueira. "Agora, Henry", disse, "vamos dar uma olhada nessa cabeça dura."

O jovem sentou-se, obediente. O cabo, pondo o rifle de lado, começou a revolver os tufos de cabelo do companheiro. Foi obrigado a virar a cabeça dele para que a luz do fogo jorrasse em cheio sobre o ferimento. Franziu a boca com ar judicioso. Arreganhou os lábios e assobiou entre os dentes quando seus dedos entraram em contato com o sangue espalhado e a ferida crua.

"Ah, aqui está", disse. Fez mais algumas averiguações desajeitadas. "Bem como eu pensava", acrescentou. "A bala te pegou de raspão. Levantou um galo esquisito, como se alguém tivesse batido na sua cabeça com um porrete. Parou de sangrar há muito tempo. O maior problema é que de manhã você vai descobrir que um chapéu número dez ia ficar pequeno em você. A cabeça vai esquentar e você vai ter a sensação de ela ficar seca feito porco estorricado. E pode passar mal de outras maneiras também, de manhã. Nunca se pode dizer. Mas, apesar de tudo, não acho que seja grande coisa. É só a velha bordoada na cabeça, nada mais. Agora, fica sentado aí e não se mexe, enquanto eu vou providenciar a rendição. Aí o Wilson vem tomar conta de você."

O cabo se afastou. O jovem ficou ali, jogado no chão como um pacote. Olhava o fogo com ar ausente.

Depois de algum tempo soergueu-se um pouco e as coisas ao seu redor começaram a tomar forma. Viu que o terreno, escuridão adentro, estava apinhado de homens, esparramados em todas as posturas imagináveis. Apertando os olhos na direção das trevas mais profundas, captou vislumbres ocasionais de homens em pé, curvados, com semblantes pálidos e fantasmagóricos, iluminados por um brilho fosforecente. Aqueles rostos expressavam o profundo estupor dos soldados cansados, dando-lhes uma aparência de bêbados de vinho. Essa parte da floresta pareceria a um viajante etéreo o resultado de alguma terrível bacanal.

Do outro lado do fogo, o jovem observou um oficial que dormia sentado, bem teso, apoiando as costas numa árvore. Havia algo de periclitante em sua postura. Açoitado por sonhos, talvez, o homem se revirava entre pequenos arrancos e sobressaltos, como um avô encharcado de grogue ao pé da lareira. Havia manchas de terra e fuligem em seu rosto. A mandíbula descaía como se lhe faltassem forças para assumir a posição normal. Era o retrato de um soldado exaurido após uma orgia de guerra.

Pelo visto, caíra no sono com sua espada no colo. Os dois deviam ter se abraçado durante o sono, mas em algum momento a arma deslizara trefegamente até o chão. Seu cabo revestido de bronze estava em contato com o fogo.

Dentro do halo rosa-alaranjado projetado pela lenha ardente havia outros soldados, roncando e ressonando, ou caídos com uma imobilidade mortiça. Alguns pares de pernas estavam esticados para a frente, rígidos e re-

O EMBLEMA VERMELHO DA CORAGEM

tos, mostrando as solas das botas pesadas de lama e terra das caminhadas. Certas nesgas de calças, emergindo dos cobertores, exibiam raladuras e rasgões angariados nas marchas afoitas pela vegetação densa.

O fogo estalava melodiosamente. Subia uma leve fumaça. No alto, as copas das árvores movimentavam-se de mansinho. As folhas, com suas faces voltadas para as chamas, tingiam-se de tons cambiantes de prata, muitas vezes orlados de vermelho. À direita, bem longe, através de uma janela na floresta, podia-se ver um punhado de estrelas, como seixos faiscantes na prateleira negra da noite.

Vez por outra, nesse salão de teto baixo, um soldado se mexia para mudar de posição, tendo aprendido com a experiência do sono tudo sobre os pontos irregulares e duvidosos do solo abaixo dele. Ou então soerguia-se até ficar sentado, piscava por alguns instantes para o fogo com expressão apalermada, lançava um rápido olhar para o companheiro prostrado e se aninhava no chão outra vez, gemendo de felicidade sonolenta.

O jovem sentou-se num montículo desabitado e esperou. Seu amigo, o jovem praça gritalhão, chegou balançando dois cantis em suas cordinhas. "Muito bem, Henry, meu rapaz", disse ele, "vamos dar um jeito em você num minuto."

Tinha os modos atarefados de uma enfermeira amadora. Remexeu no fogo e ajeitou os toros de lenha para que brilhassem mais. Fez o paciente beber longamente do cantil com o café. Aquelas goladas foram uma delícia para o jovem. Ele jogou a cabeça para trás e segurou o cantil demoradamente contra a boca. A infusão reconfortante desceu como uma carícia por sua garganta ressecada. Quando terminou, deu um suspiro de conforto e prazer.

O soldado gritalhão observava o companheiro com ar de satisfação. Em seguida, puxou um enorme lenço do bolso, dobrou-o de modo a fazer uma bandagem e despejou no centro um pouco de água do outro cantil.

Amarrou esse arranjo rudimentar na cabeça do jovem, atando as pontas num nó esquisito, junto à nuca.

"Aí está", disse, recuando um passo para apreciar seu feito. "Você está um capeta de feio, mas aposto que já se sente melhor."

O jovem fitou o amigo com olhos agradecidos. Em sua cabeça inchada e latejante, o pano frio era como uma mão terna de mulher.

"Não precisa dizer nada", observou o amigo. "Eu sei que cuido de gente doente tão bem quanto um ferreiro, e você não soltou um pio. Você é dos bons, Henry. A maioria já estaria no hospital há muito tempo. Tiro na cabeça não é bobagem."

O jovem não respondeu e começou a brincar com os botões do casaco.

"Bom, vem comigo", prosseguiu o outro, "vamos lá! Tenho de botar você na cama e cuidar pra que tenha uma boa noite de descanso."

O jovem se levantou com cuidado e foi guiado pelo soldado gritalhão entre os vultos adormecidos, dispostos em grupinhos e fileiras. De repente, o amigo se abaixou e catou suas mantas. Estendeu no solo a de borracha e pôs a de lã sobre os ombros do jovem.

"Aí está", disse, "deita e vê se me faz o favor de dormir."

Numa obediência canina, o jovem abaixou-se cuidadosamente, feito uma velha alquebrada. Estirou-se no chão e se espreguiçou com um gemido de alívio e conforto. A terra parecia a mais macia das camas.

De repente, porém, falou: "Espera aí! Onde você vai dormir?".

O amigo abanou a mão, impaciente. "Bem aí do seu lado."

"Não, espera um pouco!", continuou o jovem. "Vai dormir em quê? Eu fiquei com..."

O praça gritalhão vociferou: "Cala essa boca e vai dormir. Não seja idiota", disse, severo.

Depois dessa reprimenda, o jovem nada mais falou. Uma gostosa embriaguez se espalhara por seu corpo. O morno conforto do cobertor o embrulhou numa languidez suave. Sua cabeça caiu sobre o braço dobrado e as pálpebras pesadas desceram lentamente sobre os olhos. Ouvindo um jorro de fuzilaria na distância, pensou com indiferença se, em algum momento, aqueles fulanos dormiam. Deu um longo suspiro, enroscou-se dentro do cobertor e, num instante, estava como os companheiros.

14

Quando acordou, pareceu-lhe que dormia há mil anos[9] e teve certeza de que abria os olhos para um mundo inesperado. A névoa cinza se esgarçava devagar, antes dos primeiros esforços do sol. Via-se um esplendor suspenso no céu, a oriente. Como o orvalho gélido lhe queimara o rosto, assim que despertou, ele se encolheu mais no cobertor. Contemplou por alguns instantes a folhagem alta balançando ao vento, arauto do dia.

Da distância vinha o estardalhaço do combate. O som tinha uma persistência mortífera, como se mal houvesse começado e nunca mais fosse terminar.

Em torno dele se espalhavam os grupos e fileiras de homens que divisara vagamente na noite anterior. Sorviam um último gole de sono antes de acordar. Expressões encovadas e corpos sujos eram nítidos nessa estranha luz da madrugada, que revestia a pele dos homens de tons cadavéricos, fazendo seus membros emaranhados parecerem sem pulso e sem vida. O jovem se assustou e esteve a ponto de soltar um grito quando seus olhos varreram pela primeira vez aquela multidão imóvel a cobrir densamente o chão, todos pálidos, em posições esquisitas. Sua mente desordenada interpretou como um necrotério o salão no meio da floresta. Por um instante, acreditou que estava na casa dos mortos; não ousava se mexer de pavor que os corpos saltassem, ber-

O EMBLEMA VERMELHO DA CORAGEM                    141

rando e grasnando. Num segundo, porém, recobrou o
senso. Jurou uma estranha maldição a si mesmo. Entendeu que o quadro sinistro não era um fato do presente,
mas mera profecia.

Depois, escutou o ruído de uma fogueira estalando
no ar frio e, ao voltar a cabeça, viu seu amigo ocupa-
do perto de um pequeno fogo. Alguns outros vultos
se mexiam na neblina. Ouviu as pancadas rijas de um
machado.

Subitamente, ecoou um oco rufar de tambores. Um
clarim longínquo cantava indistintamente. Sons semelhantes, variando de potência, vieram de pontos próximos e distantes pela floresta. Os clarins conclamavam
uns aos outros como gaios de bronze. Foi quando rufou,
bem perto, o trovão dos tambores do regimento.

Os corpos dos homens na mata se agitaram. Houve
um levantar geral de cabeças. Subiu no ar um murmúrio de vozes, e nele ergueu-se gravemente uma boa dose
de maldições resmungadas. Estranhos deuses foram in-
terpelados em protesto contra as horas da madrugada
necessárias para se resolver uma guerra. A peremptória
voz de tenor de um oficial rasgou o ar, fustigando os
movimentos enrijecidos dos soldados. Membros emaranhados se endireitaram. Rostos de tons cadavéricos se
esconderam atrás de punhos que se contorciam lentamente na frente dos olhos.

O jovem sentou-se e deu um longo bocejo. "Droga!",
disse, de mau humor. Esfregou os olhos e ergueu a mão
para sondar o curativo sobre o ferimento. Ao vê-lo acordado, o amigo se afastou da fogueira e caminhou ao seu
encontro. "Então, Henry, meu velho, como se sente esta
manhã?", ele perguntou.

O jovem bocejou outra vez. Franziu os lábios num
bico. Sua cabeça lhe parecia, a bem da verdade, um me-
lão, e havia uma sensação desagradável na barriga.

"Ai, meu Deus, bastante mal", ele disse.

"Droga!", exclamou o outro. "Achei que você ia acordar bem. Vamos dar uma olhada nesse curativo. Aposto que saiu do lugar." Pôs-se a mexer no local do ferimento de modo um tanto desastrado, e a certa altura o jovem explodiu:

"Deus me livre!", disse, subitamente irritado. "Você é o maior mão pesada que eu já vi! Tá com as mãos amarradas ou o quê? Por que raios não toma um pouco de cuidado? Desse jeito é melhor me bater logo com o cabo da espingarda. Vai de leve, não como se estivesse pregando um tapete no chão da sala."

Encarava o amigo com um ar prepotente de autoridade, mas o outro contemporizou. "Ora, ora, vem cá, vamos pegar um grude", disse. "Aí, quem sabe, você melhora."

Junto ao fogo, o jovem praça gritalhão cuidou da fome do companheiro com dedicação e carinho. Fez-se muito atarefado desfilando com canequinhas vagabundas de lata, que enchia de um líquido de cor férrea, despejado de um pequeno balde de estanho enegrecido. Tinha alguma carne fresca, que assou apressadamente num espeto. Depois, sentou-se e ficou vendo o apetite do amigo com um brilho de satisfação nos olhos.

O jovem deu-se conta de uma notável mudança no comportamento de seu companheiro desde os tempos do acampamento à beira do rio. Ele já não parecia estar a todo momento medindo sua bravura. Não mais se enfurecia com pequenas palavras que lhe espetassem a autoestima. Já não era um jovem praça gritalhão. Envolto numa perfeita segurança, demonstrava agora uma fé serena em seus propósitos e habilidades. Essa firmeza interior lhe permitia, naturalmente, ficar indiferente às pequenas alfinetadas que os outros lhe dirigiam.

O jovem refletia. Estava acostumado a pensar no companheiro como em um meninote espalhafatoso, dono de uma audácia advinda da inexperiência, impulsivo, teimoso, ciumento e cheio de uma coragem de latão. Um bebê cambaleante acostumado a marchar com autoridade em seu próprio jardim. O jovem se perguntava de onde teria surgido esse novo olhar, em que momento o colega fizera a grande descoberta de que muita gente se recusaria a se submeter a ele. Agora, aparentemente, o outro tinha chegado ao pico da sabedoria, onde se via como algo muito pequeno. E o jovem percebeu que dali em diante, e para sempre, seria mais fácil viver pelas cercanias do amigo.

O praça equilibrou no joelho sua caneca de ébano. "E então, Henry?", ele disse. "Quais você acha que são as chances de cada um? Acha que a gente dá uma surra neles?"

O jovem pensou um pouco. "Até anteontem", respondeu, agressivo, "você apostava que ia surrar o exército inteiro sozinho."

O amigo pareceu se espantar um pouco. "Eu?", perguntou. Ficou pensativo um instante. "Bem, talvez sim", decidiu-se. Olhou humildemente para o fogo.

O jovem sentiu-se um tanto desconcertado com a surpreendente acolhida dispensada a suas observações. "Não, que nada... você também não disse isso", falou, numa desajeitada tentativa de recuo.

Mas o outro fez um sinal de protesto. "Ah, não tem importância, Henry", disse. "Acho que eu era mesmo um paspalhão naqueles tempos." Falava como se houvessem transcorrido anos. Houve uma pequena pausa.

"Todos os oficiais dizem que a gente encurralou os rebeldes que é uma beleza", disse o amigo, depois de limpar a garganta com uma tossezinha afetada. "Todo mundo parece achar que eles caíram bonitinho na nossa armadilha."

"Não sei não", replicou o jovem. "O que eu vi lá nas bandas da direita me faz pensar que foi justo o contrário. De onde eu olhei, dava impressão de que a gente estava levando uma sova das boas."

"Você acha?", inquiriu o amigo. "Pensei que a gente tinha dado uma escovada e tanto neles."

"Não deu não", disse o jovem. "Ih, rapaz, meu Deus, você não viu nada do combate." Veio-lhe uma súbita lembrança."Ah! o Jim Conklin morreu."

O amigo se assustou. "O quê? Morreu? O Jim Conklin?"

O jovem falou vagarosamente: "É, morreu. Levou um tiro, aqui do lado".

"Não me diga uma coisa dessas. O Jim Conklin... pobre-diabo!"

Em torno deles havia muitas outras fogueiras pequenas, cercadas de homens com seus pequenos utensílios enegrecidos. De uma das mais próximas veio uma sequência de gritos estridentes. Aparentemente, dois praças gozadores tinham atazanado um gordão barbudo até levá-lo a derramar café sobre seus joelhos azuis. O sujeito se enfurecera e xingava profusamente. Mordidos com aquele linguajar, os dois provocadores reagiram com um longo desfile de injúrias torpes e rancorosas. Era provável que terminasse em briga.

Seu amigo se levantou e andou até eles, agitando os braços em gestos conciliadores. "Ei, o que que há, rapazes, ora, pra que isso?", disse ele. "Vamos cair em cima dos rebeldes em menos de uma hora, qual é a vantagem de brigar entre nós?"

Um dos soldados virou-se para ele, corado e violento. "Não precisa vir com seu sermão. Eu acho que você não gosta de briga desde que apanhou do Charles Morgan, mas não sei o que que esse negócio aqui tem a ver com você ou qualquer outra pessoa."

"Ter, não tem", disse o amigo pacificamente. "Mas eu detesto ver..."

Seguiu-se uma discussão confusa.

"Bem, ele...", disseram os dois, apontando dedos acusadores para o oponente.

O soldado gordão estava roxo de raiva. Fez um gesto na direção da dupla, com sua manopla aberta em forma de garra. "Bem, eles..."

Entretanto, ao longo dessa sessão argumentativa, a vontade de trocar bordoadas pareceu arrefecer, embora continuassem dizendo poucas e boas uns dos outros. Por fim, o amigo retornou a seu lugar. Em pouco tempo os três brigões podiam ser vistos numa rodinha amistosa.

"O Jimmie Rogers diz que eu vou ter de brigar com ele depois da batalha de hoje", anunciou o amigo, sentando-se de novo. "Ele diz que não admite que se metam nos negócios dele. Eu detesto ver os meninos brigando uns com os outros."

O jovem deu uma gargalhada. "Você mudou um bocado. Não tem mais nada daquele sujeito de antes! Me lembro de quando você e aquele irlandês...", fez uma pausa para rir mais.

"Não, eu não era assim antes", disse o outro, pensativo. "Isso é verdade."

"Olha, eu não quis dizer...", começou o jovem.

O amigo fez novamente um sinal de protesto. "Ah, não tem importância, Henry."

Houve mais um silêncio curto.

"O regimento perdeu mais da metade dos homens ontem", declarou o outro de repente. "Claro, achei que estavam todos mortos, mas, caramba, ontem à noite foi um tal de voltar gente que agora parece que, no final das contas, as perdas foram bem poucas. Estava tudo espalhado por aí, vagando pela mata, combatendo no meio dos outros regimentos e tudo mais. Exatamente como você."

"E daí?", disse o jovem.

## 15

O regimento estava de prontidão à beira de uma trilha, esperando a ordem de marchar, quando o jovem se lembrou de repente do pequeno pacote embrulhado com envelope pardo que o praça gritalhão lhe confiara, com um discurso funesto. Sentiu um sobressalto. Voltou-se para o colega e exclamou:

"Wilson!"

"O quê?"

O amigo, a seu lado na formação, olhava pensativo algum ponto estrada abaixo. Por alguma razão, tinha naquele momento uma expressão muito dócil. O jovem, espichando para ele um olhar de esguelha, viu-se compelido a mudar de intenções. "Hum, nada", disse.

O amigo voltou-se, um pouco surpreso, "Ei, o que você ia dizer?".

"Hum, nada", repetiu o jovem.

Resolveu não desferir o golpe. A satisfação de poder fazê-lo era suficiente. Não havia a menor necessidade de dar na cabeça do outro com o embrulho equivocado.

Andara com muito medo do amigo, compreendendo a facilidade com que perguntas abriam rombos em seus sentimentos. Depois se convencera de que seu companheiro, tão mudado, não o martirizaria com uma curiosidade insistente; mesmo assim tinha certeza de que, no primeiro momento de folga, ele o convidaria a relatar as aventuras do dia anterior.

Agora, porém, de posse de uma pequena arma com a qual poderia prostrar o colega ao menor sinal de interrogatório, tranquilizou-se. Era senhor da situação. Dessa vez, ele é que poderia rir e disparar as flechas do escárnio.

Num momento de fraqueza, entre soluços, o amigo previra sua própria morte. Entoara uma prece melancólica em honra do próprio funeral, com certeza incluindo, naquele pacote de cartas, várias lembranças para os parentes. Mas não morrera e, desse modo, se colocava nas mãos do jovem.

Este se sentia imensamente superior ao amigo, mas preferiu ser condescendente. Adotou diante do outro um ar de bom humor paternal.

Seu orgulho, a essa altura, estava inteiramente restaurado. A sombra da copa viçosa dessa virtude, ele se plantava sobre pernas firmes e cheias de confiança. Uma vez que nada poderia ser descoberto, já não tinha medo de encarar os olhos de seus juízes, nem permitia que qualquer um de seus pensamentos o desviasse do caminho viril. Cometera seus erros no escuro; portanto, ainda era um homem.

Mais até do que isso: ao recordar as aventuras da véspera, vendo-as a certa distância, começou a vislumbrar algo de excelente ali. Tinha mesmo o direito de se gabar, como um veterano.

Varreu para fora de sua vista os martírios ofegantes do passado.

Declarou para si mesmo que somente os condenados e os malditos esbravejam com sinceridade contra o destino. Poucos, além deles, o fazem. Um homem de barriga cheia, gozando do respeito de seus pares, não tinha nada que se meter a enxovalhar o que julgasse errado no universo nem na sociedade. Que os infelizes escarnecessem, os outros que não se preocupassem...

Não parou para pensar muito nas batalhas que se estendiam à sua frente. Não era essencial planejar a melhor maneira de enfrentá-las. Aprendera que muitas obrigações da vida eram fáceis de evitar. A lição da véspera era que a recompensa, além de cega, é lerda. Diante desses fatos, não julgava necessário especular de modo febril sobre as possibilidades contidas nas próximas vinte e quatro horas. Podia deixar boa parte para o acaso. Além disso, secretamente desabrochara uma fé em si mesmo. Crescia agora dentro dele uma pequena flor de autoconfiança. Era um homem experiente. Havia estado lá, entre os dragões, pensou, e assegurava que não eram tão horrendos quanto se imaginava. Tinham má pontaria também, não ferroavam com precisão. Um coração audaz podia desafiá-los e, nesse desafio, sair ileso.

Além do mais, como fariam para matá-lo, a ele, o escolhido dos deuses, o condenado à grandeza?

Lembrou-se do modo como alguns tinham corrido da batalha. Recordando suas expressões contorcidas de terror, sentiu desprezo. Era evidente que se tinham portado de modo muito mais espaventado e frenético do que o absolutamente necessário. Eram frágeis mortais. Quanto a ele, soubera fugir com dignidade e discrição.

Foi despertado dessas cogitações pelo amigo, que, tendo se agitado nervosamente e piscado para as árvores durante algum tempo, de repente tossiu de maneira introdutória e disse:

"Fleming!"

"O quê?"

O amigo levou a mão à boca e tossiu outra vez. Brincou com seu casaco.

"Bem", falou, engolindo em seco, "eu estava pensando... que tal se você me devolvesse aquelas cartas?" Uma escura e ardente onda de sangue lhe subira às faces e à testa.

"Está bem, Wilson", disse o jovem. Abriu dois botões em seu casaco, enfiou a mão no bolso e retirou o pacote. Quando o estendeu, o amigo desviou o olhar.

O jovem não teve pressa em tirar o embrulho do bolso porque, durante o gesto, tentava inventar alguma observação ferina sobre a situação. Não conseguiu pensar em nada que fosse mordaz o suficiente. Via-se obrigado a deixar o amigo escapar incólume com seu embrulho. Acabou achando que tinha, por isso, um mérito considerável. Era um gesto generoso.

O amigo dava a impressão de sofrer uma terrível vergonha. Vendo-o nesse estado, o jovem sentiu seu coração ficar mais forte e mais audaz. Nunca fora obrigado a corar daquela maneira por ato nenhum; era, com toda a certeza, um indivíduo de extraordinárias virtudes.

Refletia, com uma piedade condescendente: "Azar! Azar! O pobre coitado, isso ajuda ele a se sentir mais forte!".

Após esse incidente, passando em revista as cenas de batalha que presenciara, sentia-se perfeitamente apto a voltar para casa e aquecer corações com suas histórias de guerra. Via-se numa sala em tons cálidos, contando casos para uma plateia atenta. Teria lauréis para mostrar. Eram insignificantes, talvez, mas num lugarejo em que as glórias eram raridade, era bem possível que brilhassem.

Viu sua audiência boquiaberta a retratá-lo como o personagem principal de quadros fulgurantes. Imaginou a consternação e os murmúrios de espanto com que sua mãe e a jovem da escola beberiam suas narrativas. A vaga crença feminina na possibilidade de que os seres amados realizassem bravuras no campo de batalha sem, em momento algum, arriscar a vida — essa seria aniquilada.

16

Ouviam-se tiros de espingarda o tempo todo. Mais tarde, o canhão entrara na disputa. No ar pesado de neblina as vozes deles produziam um baque surdo, as reverberações se alongando pelos campos. Aquele pedaço do mundo vivia uma estranha e belicosa existência.

O regimento do jovem recebeu ordens de render um comando que andava enfiado havia muito tempo numas trincheiras úmidas. Os homens assumiram suas posições atrás da sinuosa linha de tiro que se tinha rasgado, como uma enorme ruga, ao longo do contorno da mata. Diante deles havia uma extensão plana povoada de morrotes informes. Da floresta que demarcava o fim desse trecho vinham os estampidos abafados de entreveros esparsos e dos vigilantes atirando na neblina. Da direita, chegava a fúria de uma batalha terrível.

Alguns homens se agacharam atrás de seus pequenos barrancos enquanto outros se sentavam em posições confortáveis, esperando sua vez. Muitos deram as costas ao tiroteio. O amigo do jovem estendeu-se no chão, enterrou o rosto nos braços e, quase imediatamente, pareceu mergulhar num sono profundo.

O jovem apoiou o peito na terra marrom e, sobre a borda, deu uma espiadela na floresta à sua frente e nas trincheiras cavadas à esquerda e à direita. Biombos de árvores encobriam parcialmente sua visão. Via apenas um

O EMBLEMA VERMELHO DA CORAGEM

trecho curto da vala orlada de montinhos de terra, onde algumas bandeiras vadias tinham sido espetadas. Atrás dos montinhos havia fileiras de corpos sombreados, e acima deles se esticavam algumas cabeças curiosas.

O som das escaramuças não parava de vir da mata em frente e à esquerda, e a balbúrdia à direita atingia proporções aterradoras. Os canhões rugiam sem uma pausa para tomar fôlego. Parecia que toda a artilharia da região se congregara ali e estava empenhada num duelo magnífico. Era impossível se fazer ouvir.

O jovem quis fazer uma piada, uma citação dos jornais. Queria dizer, "Tudo calmo em Rappahannock",[10] mas os canhões se recusavam a permitir um comentário sobre seu estrondo. Não chegou a concluir a frase. Por fim cessaram os canhões, e os boatos tornaram a voar como pássaros entre os homens nas valas, com a diferença de que, agora, eram em sua maioria criaturas soturnas que se debatiam rentes ao chão, exaustas, recusando-se a alçar voo nas asas de qualquer esperança. Os rostos dos homens se afligiam cada vez mais por causa da interpretação dos presságios. Casos de hesitação e insegurança por parte de ocupantes de cargos elevados chegavam a seus ouvidos. Histórias de desastres surgiram nas mentes de todos, sustentadas por fartas evidências. O fragor da fuzilaria à direita, elevando-se como um espírito sonoro à solta, traduzia com a devida ênfase o destino cruel do exército.

Os homens perderam o ânimo, começaram a resmungar. Faziam gestos que expressavam a frase: "Ah, o que mais podemos fazer?". O tempo todo se via que estavam perplexos com as alegadas novidades, incapazes de compreender inteiramente a derrota.

Antes que a névoa cinzenta fosse apagada por completo pelos raios do sol, o regimento estava marchando numa longa coluna que se afastava cautelosamente pela mata. Em desordem, as fileiras agitadas do inimigo podiam ser vistas de vez em quando, para além de bosques e descampados. Gritavam, exultantes.

Vendo aquilo, o jovem se esqueceu de um certo número de questões pessoais e enfureceu-se terrivelmente. Explodiu em altos brados. "Meu Deus, a gente está sendo comandado por um bando de débeis mentais!"

"Você não é o primeiro a dizer isso hoje", observou alguém.

O amigo, despertado havia pouco, ainda estava sonolento. Passou algum tempo olhando para trás, até sua mente absorver o sentido daquela marcha. Suspirou. "Sei, pelo visto acabaram com a gente", comentou, pesaroso.

Ocorreu ao jovem a ideia de que não seria elegante de sua parte condenar abertamente outras pessoas. Fez um esforço para se conter, mas as palavras que trazia na língua eram muito amargas. Começava agora uma longa e elaborada denúncia do comandante das tropas.

"Quem sabe a culpa não foi dele... não totalmente", disse o amigo, com voz cansada. "Ele fez o melhor que pôde ou soube fazer. É só um destino que a gente tem, se dar mal o tempo todo." Arrastava os pés, curvado para a frente e revirando os olhos, como um homem que houvesse levado chutes e bengaladas.

"Escuta aqui, a gente não luta pra valer? A gente não faz tudo o que homens podem fazer?", perguntou o jovem.

Ficou secretamente chocado quando esse sentimento lhe escapou dos lábios. Por um instante seu rosto perdeu o ar de bravura e ele olhou em torno de si cheio de culpa. Mas, como ninguém discutia seu direito de usar aquelas palavras, acabou recuperando a expressão valente. Continuou, repetindo uma afirmação que ouvira naquela manhã, quando andava de grupinho em grupinho pelo acampamento. "O brigadeiro disse que nunca viu um regimento de calouros lutar do jeito que a gente lutou ontem, não disse? E a gente não é melhor do que nenhum outro regimento, é? Bom, então, não dá pra dizer que a culpa é da tropa, dá?"

O EMBLEMA VERMELHO DA CORAGEM

A voz de seu amigo soou severa na resposta. "Claro que não", disse ele. "Ninguém teria coragem de dizer que a gente não lutou pra valer. Ninguém nunca vai poder dizer isso. Os meninos lutaram feito um bando de galos de briga. Só que... só que a gente não dá sorte nenhuma."

"Bom, então, se a gente lutou pra valer e não tremeu, só pode ser culpa do general", disse o jovem, grandiloquente e definitivo. "E eu não vejo o menor sentido em lutar e lutar, pra no fim perder sempre por causa de algum maldito cretino de um general."

Um homem sarcástico, que marchava ao lado do jovem, falou com voz pausada: "Será que você acha que lutou a batalha inteira ontem, Fleming?".

A observação foi como uma lancetada. Por dentro, o jovem se viu reduzido a uma pasta abjeta por aquelas palavras ditas ao acaso. Suas pernas começaram a tremer discretamente. Dirigiu um olhar assustado ao homem sarcástico.

"Ora, não", apressou-se a dizer, em tom conciliador, "eu não acho que lutei a batalha inteira ontem."

Mas o outro parecia inocente de qualquer sentido mais profundo. Aparentemente, não possuía nenhuma informação. Apenas seguia um hábito. "Ah!", respondeu, no mesmo tom de plácido escárnio.

O jovem, no entanto, sentia uma ameaça. Sua mente evitava chegar mais perto do perigo. Dali em diante, ficou em silêncio. As significativas palavras do homem sarcástico o despojaram de seu ânimo efusivo, que poderia chamar a atenção dos outros sobre ele. Transformou-se de repente numa pessoa modesta.

Os soldados conversavam em voz baixa. Os oficiais estavam impacientes e irritadiços, de olhares enevoados pelas notícias do desastre. As tropas cruzavam a floresta com desânimo. A certa altura, um homem da companhia do jovem soltou uma sonora gargalhada. Uma dúzia de rostos se voltaram para ele, franzindo o cenho vagamente desagradados.

Ruídos de tiros seguiam seus passos. Às vezes, parecia que tinham ficado para trás, mas logo voltavam com insolência redobrada. Os homens resmungavam, praguejavam e lançavam olhares ameaçadores na direção deles. Numa clareira, as tropas finalmente se detiveram. Regimentos e brigadas, partidos e embaralhados pelos sucessivos encontros com obstáculos na mata, foram reunidos outra vez, e as tropas se voltaram para os latidos da infantaria inimiga em seu encalço.

Esse barulho, que os seguia como os uivos vorazes de cães metálicos, foi aumentando até se tornar uma explosão alta, e enquanto o sol subia serenamente para o alto do céu, lançando seus raios reveladores para dentro da mata sombria, irrompeu em longas saraivadas. A mata começou a estalar, como se pegasse fogo.

"Opa, opa", disse alguém, "lá vamos nós! Todo mundo lutando! Sangue e destruição."

"Eu podia apostar que eles iam atacar assim que o sol subisse", afirmou em tom feroz o tenente que comandava a companhia do jovem, puxando sem piedade seu bigodinho. Ele andava de um lado para o outro, com sombria dignidade, por trás da linha de seus homens, que estavam estendidos no chão atrás das poucas barreiras protetoras que tinham conseguido coletar.

Um canhão assumira posição na retaguarda e bombardeava ponderadamente à distância. O regimento, que até então não fora incomodado, esperava o momento em que a penumbra cinzenta da mata à sua frente seria cortada por riscos de fogo. Havia muito rosnado e muito xingamento.

"Bom Deus", resmungou o jovem, "estamos sendo perseguidos o tempo todo feito ratos! Me deixa doente. Ninguém parece saber aonde vamos e por quê. A gente fica levando tiro aqui e tiro mais adiante, se dando mal sempre, e ninguém sabe qual é o sentido disso tudo.

O EMBLEMA VERMELHO DA CORAGEM

Não é brincadeira, faz um homem se sentir que nem um gatinho num saco. Ah, eu queria saber por que cargas-d'água enfiaram a gente nessa mata, afinal, a menos que tenha sido pra oferecer uns alvos mais fáceis pros rebeldes. Primeiro a gente entra aqui e enrosca os pés nessas malditas raízes, aí começa a lutar. Assim fica fácil pros desgraçados. Não me diga que é só sorte! Eu sei muito bem. É o maldito do..."

Seu amigo parecia abatido, mas interrompeu com uma voz de calma confiança. "No fim, vai dar tudo certo", disse.

"Ah, uma droga que vai! Você sempre fala como um padre culpado. Não venha me ensinar! Eu sei..."

Nesse ponto interveio o tenente cruel, que se viu obrigado a urrar um pouco de sua insatisfação sobre os homens. "Vocês aí, calem a boca já! Não têm de gastar fôlego com falatório sobre isso ou aquilo ou aquilo outro. Vocês ficam falando que nem umas galinhas velhas. Vocês só precisam lutar e não vai faltar oportunidade dentro de mais uns dez minutos. Menos conversa e mais luta é o que vocês precisam. Nunca vi um bando de imbecis tão falantes!"

Fez uma pausa, pronto para saltar em cima do primeiro que incorresse na temeridade de retrucar. Como nenhuma palavra foi dita, retomou seus passos cheios de dignidade de um lado para o outro.

"O problema dessa guerra é este mesmo, aliás: muita conversa e pouca luta", disse para a plateia, antes de virar a cabeça para uma última observação.

O dia tinha ficado mais claro, e o sol despejava toda a sua radiância sobre a floresta fervilhante. Uma espécie de vento de guerra soprou sobre o trecho da linha de defesa onde estava o regimento do jovem. O desenho da fileira se acomodou para encará-lo de frente. Havia uma expectativa. Naquela área da mata, escoavam vagarosos os instantes que precedem a tempestade.

Um rifle solitário faiscou numa moita diante do regimento. Imediatamente, muitos outros se juntaram a ele. Uma arrebatadora canção de estrondos e estalos varreu a mata. Os canhões na retaguarda, excitados e enfurecidos com algumas bombas estridentes haviam caído perto deles, envolveram-se de repente numa tenebrosa altercação com outro grupo de canhões. O fragor da batalha se transformou num demorado trovão, que foi uma única explosão indefinidamente longa.

As atitudes dos homens do regimento denotavam um estranho tipo de hesitação. Estavam alquebrados, exaustos, depois de dormir pouco e trabalhar muito. Reviravam os olhos na direção da batalha que avançava e, ao mesmo tempo, aguardavam o impacto. Alguns se encolheram — mas não saíram do lugar, como se estivessem amarrados a estacas.

# 17

Esse avanço do inimigo pareceu ao jovem uma caçada impiedosa. Começou a fumegar de raiva e exasperação. Batia um pé no chão, xingando com ódio a coluna de fumaça que se aproximava como uma fantasmagórica avalanche. Havia algo de enlouquecedor naquela aparente decisão do inimigo de nunca lhe dar descanso e tempo para sentar e refletir. No dia anterior, havia lutado e fugido às carreiras. Vivera diversas aventuras. Achava que, àquela altura, já fizera por merecer um repouso contemplativo. Teria muito prazer em descrever para ouvintes não iniciados as diversas cenas que testemunhara, e mesmo discutir, de forma consciente, os complexos processos da guerra com outros homens tarimbados. Também era importante que tivesse tempo para se recuperar fisicamente. Estava alquebrado e dolorido de suas façanhas. Fizera sua cota de esforço, só desejava repousar.

Mas aqueles lá pareciam não se cansar nunca; lutavam no ritmo puxado de sempre. Sentiu um ódio selvagem do inimigo inquebrantável. Na véspera, imaginando que o universo estava contra ele, odiara tudo o que existe, deuses pequenos e deuses grandes; pois era com essa mesma intensidade atroz que odiava agora o inimigo. Não, não ficaria marcado até a morte como um gatinho perseguido por moleques, pensou. Não era recomendável encurralar homens em becos sem saída; nessas horas, qualquer um podia criar garras e dentes.

Inclinou-se e falou ao ouvido de seu amigo, abarcando toda a mata diante deles com um gesto ameaçador. "Se eles continuarem perseguindo a gente, por Deus, eles que se cuidem. Não dá pra aguentar *demais*."

O amigo balançou a cabeça e respondeu, calmo: "Se continuarem perseguindo a gente, vão jogar a gente dentro do rio".

O jovem soltou um grito feroz diante daquela afirmativa. Acocorou-se atrás de uma arvorezinha miúda, com os olhos faiscando de ódio e os dentes arreganhados num esgar torto. A bandagem malfeita ainda lhe envolvia a cabeça; no alto dela, sobre a ferida, via-se uma pequena mancha de sangue seco. Seu cabelo estava em terrível desalinho, e algumas mechas rebeldes pendiam sobre a atadura, agitadas, buscando a testa. Casaco e camisa, abertos na gola, expunham seu pescoço bronzeado, onde se percebiam movimentos espasmódicos de engolir.

Seus dedos se retorciam nervosamente no rifle. Quisera ter nas mãos uma arma de poder avassalador. Sentia que ele e seus companheiros estavam sendo agredidos e humilhados com base na convicção sincera de que não passavam de uns pobres fracos. Saber-se impotente para se vingar dessa ofensa transformava sua raiva num espectro tumultuoso e sinistro, que o possuía, levando-o a sonhar com abomináveis crueldades. Seus perseguidores eram mosquitos chupando sangue suculentamente. Achou que seria capaz de dar a vida pela desforra de ver os rostos deles desfigurados por suplícios terríveis.

Os ventos da guerra já tinham soprado sobre todo o regimento quando aquele rifle único, imediatamente seguido pelos outros, faiscou diante deles. Um segundo depois a tropa inteira rugia sua brusca e valorosa réplica. O muro de fumaça densa veio baixando devagar. Fu-

O EMBLEMA VERMELHO DA CORAGEM

riosamente, novos tiros, como inúmeras facas, abriram nele furos e rasgos.

Aos olhos do jovem, os guerreiros pareciam animais lançados num poço escuro para lutar até a morte. Tinha a sensação de que ele e os companheiros, acuados, empurravam incessantemente os agressores, tentando em vão conter um enxame feroz de criaturas escorregadias. Suas chispas rubras não pareciam encontrar abrigo no corpo dos inimigos, que davam a impressão de se esquivar facilmente, avançando através delas, entre elas, sobre elas e por baixo delas com habilidade insuperável.

Quando, num delírio, ocorreu ao jovem que seu rifle era um pedaço de pau inútil, foi-se de sua mente o senso de tudo a não ser do próprio ódio, da vontade de socar até desfazer numa cera pastosa o faiscante sorriso de vitória que imaginava no rosto do inimigo.

A linha de defesa azul, engolida pela fumaça, se retorcia e corcoveava como uma serpente pisada. Agitava as extremidades para a frente e para trás, numa agonia de pavor e de fúria.

O jovem não tinha consciência de estar em pé. Não sabia nem sequer para que lado ficava o chão. A certa altura chegou a perder o hábito de se equilibrar e, pesadamente, desabou. Levantou-se de imediato. Um pensamento atravessou o caos de seu cérebro naquele momento. Imaginou se teria caído porque levara um tiro. Mas a suspeita logo se evaporou, sumiu, e ele não pensou mais naquilo.

Assumira sua posição atrás da arvorezinha com a firme determinação de guardá-la contra o mundo. Não lhe pareceu em momento algum que houvesse a possibilidade de seu lado sair vitorioso daquela vez, e dessa certeza tirou forças para lutar melhor. No entanto, a organização da linha foi se desfazendo, cada homem buscando um ponto do terreno, e logo ele tinha perdido quase inteiramente o senso de direção; sabia apenas onde estava o inimigo.

As faíscas da espingarda o chamuscavam, a fumaça quente cozinhava sua pele. O cano ficou tão quente que, numa situação normal, não teria aguentado segurá-lo; mas continuou metendo balas nele e socando-as com a haste tilintante, que vergava a cada golpe. Quando mirava alguma forma fugidia através da fumaça, puxava o gatilho com grunhidos ferozes, como se desferisse murros de punho bem fechado com toda a força que tinha.

Quando parecia que o inimigo recuava diante dele e dos companheiros, lançava-se à frente imediatamente, como um cão que, percebendo que seus perseguidores afrouxam o passo, se volta para retomar a brincadeira e ser caçado de novo. E quando era obrigado a mais uma vez buscar abrigo, fazia-o devagar, contrariado, com passos rancorosos.

Estava ali, em seu ódio concentrado, praticamente sozinho e continuava atirando, quando todos perto dele haviam parado. Estava tão envolvido em sua ocupação que não se deu conta da calmaria.

Despertou quando lhe chegaram aos ouvidos uma risada equina e uma voz cheia de zombaria e assombro. "Seu idiota dos infernos, você não sabe parar quando não tem mais em quem atirar? Bom Deus!"

O jovem virou o rosto e, fazendo uma pausa com o rifle erguido a meia altura, olhou para a fileira azul dos correligionários. Estavam todos parados, entretidos em olhar para ele com ar estupefato. Eram espectadores. Virando-se novamente para a frente o jovem viu, sob a fumaça, um terreno deserto.

Por um momento pareceu desorientado. Enfim brilhou na expressão opaca e vítrea de seus olhos um pequeno diamante de inteligência. "Oh", disse, compreendendo.

Voltou para junto dos companheiros e se atirou no chão. Esparramou-se como quem houvesse levado uma surra. Seus músculos estavam estranhos, como que em chamas, e os sons da batalha continuavam ecoando em seus ouvidos. Apalpou o corpo às cegas, buscando o cantil.

O EMBLEMA VERMELHO DA CORAGEM 161

O tenente grasnava sua risada. Parecia bêbado com a luta. Gritou para o jovem: "Pelos céus, se eu tivesse dez mil gatos selvagens feito você, arrancava as tripas dessa guerra em menos de uma semana!". Estufou o peito ao dizer isso, inflado de importância.

Alguns dos rapazes continuavam olhando para o jovem, entre murmúrios pasmos. Era evidente que, enquanto ele se punha a carregar o rifle, atirar e cuspir maldições sem um único instante protocolar de descanso, os outros tinham encontrado tempo para observá-lo. E agora o encaravam como se ele fosse um demônio da guerra.

O amigo se arrastou até onde ele estava. Havia assombro e pesar em sua voz. "Você está bem, Fleming? Está se sentindo bem? Não tem nada de errado com você, Henry, tem?"

"Não", o jovem falou com alguma dificuldade. Tinha a garganta engasgada, cheia de nós.

Aquilo dava o que pensar. Fora-lhe revelado que ele era um bárbaro, uma fera. Lutara como um pagão a defender sua crença. Pensando em seu comportamento na batalha, viu que havia sido excelente, selvagem e, de certa forma, fácil. Ele havia sido um tremendo personagem do conflito, isso era certo. Superara obstáculos que julgava ser montanhas e que, no entanto, caíram como castelos de cartas. Era agora o que chamava de herói. E nem se dera conta da história. Havia dormido e, ao acordar, descobrira ser um bravo cavaleiro.

Ficou deitado ali, refestelando-se nos olhares dos companheiros. Os rostos deles exibiam, em variados graus, o mesmo pretume de pólvora queimada. Alguns estavam inteiramente negros. Todos fediam, lavados de suor, e a respiração lhes saía com dificuldade sibilante. Dessas regiões imundas, olhos o espiavam.

"Belo trabalho! Belo trabalho!", gritou o tenente, delirante. Andava para cima e para baixo, fogoso e inquieto. De vez em quando, se ouvia sua risada louca, incompreensível.

Quando lhe ocorria qualquer pensamento mais profundo sobre a ciência da guerra, sempre era ao jovem que, inconscientemente, se dirigia.

Houve algum regozijo sinistro entre os homens. "Por tudo que é sagrado, aposto que o exército nunca viu um regimento de calouros igual ao nosso!"

"Pode apostar!"

"Nogueira, mulher e cão,
Quanto mais apanham, melhores são.[11]

A gente também é assim."

"Perderam um bocado de homens, aqueles lá. Se uma velha vier varrer a mata, enche um balde grande."

"É, e se ela voltar de novo daqui a uma hora, enche outro."

A floresta ainda suportava seu fardo de ruídos. De algumas árvores distantes vinha o matraquear de rifles. Cada moita longínqua parecia um estranho porco-espinho com farpas de fogo. Uma nuvem de fumaça escura, como a que se eleva das ruínas de um incêndio, subia na direção do sol, que brilhava agora com toda a força e galhardia no céu esmaltado de azul.

## 18

A estropiada linha de frente descansou por alguns minutos, mas durante essa pausa a guerra na floresta foi se tornando mais e mais impressionante, até o ponto em que as árvores pareciam fremir com o tiroteio, e o chão estremecer sob as botas dos soldados. As vozes dos canhões fundiam-se numa longa, interminável discussão. Parecia difícil a mera sobrevivência naquele ambiente. Os pulmões ansiavam por um pouco de ar fresco, as gargantas suplicavam água.

Havia um homem, trespassado por um tiro, que começou a erguer um lamento amargo assim que a calmaria se instalou. Talvez já estivesse gritando antes, durante o combate, mas ninguém o ouvira. Só então os companheiros se voltavam para os lúgubres gemidos que emitia, estirado no chão.

"Quem é? Quem é?"

"É o Jimmie Rogers. O Jimmie Rogers."

Quando os olhares dos soldados encontraram o homem caído, todos se detiveram subitamente, como se temessem chegar perto. O homem se debatia na grama, contorcendo o corpo trêmulo em posições esquisitas. Berrava com força. Aquela breve hesitação dos companheiros pareceu enchê-lo de uma mágoa profunda, de uma tremenda ira, e ele amaldiçoou todo mundo com gritos estridentes.

O amigo do jovem teve uma ilusão geográfica de um córrego e obteve permissão para ir buscar água. Imediatamente, choveram cantis em cima dele. "Enche o meu?" "Me traz um pouco também." "E pra mim." Ele partiu carregado. O jovem foi com o amigo, sentindo um desejo de atirar seu corpo quente no córrego e, mergulhado lá, beber litros.

Fizeram uma rápida busca, mas não encontraram o tal córrego. "Não tem água aqui", disse o jovem. Sem demora, deram meia-volta e começaram a refazer seus passos.

Da posição em que estavam agora, olhando para o campo de batalha, podiam, naturalmente, abarcar uma porção maior da guerra do que quando estavam na linha de frente e a fumaça lhes toldava a vista. Viam escuras fileiras serpenteando pelos campos. Numa clareira, um grupo de canhões dispostos lado a lado fabricava nuvens cinzentas, que de repente se enchiam de grandes raios de fogo alaranjado. Para além de um trecho da vegetação, via-se o telhado de uma casa. Uma janela faiscante, escandalosamente vermelha, brilhou bem nos olhos deles através da folhagem. Da construção erguia-se uma torre alta e meio torta de fumaça, que penetrava no céu.

Olhando para as próprias tropas, viram massas misturadas se agrupando lentamente para entrar em forma. A luz do sol tirava reflexos intermitentes do aço luzidio. Na retaguarda, ao longe, via-se um braço de estrada no trecho em que escalava uma colina. Estava cheio de soldados em retirada. De toda a floresta entrelaçada subia, com a fumaça, o fragor da batalha. O ar estava permanentemente tomado por vibrações altissonantes.

Perto de onde estavam, bombas passavam batendo asas e grasnando. Balas ocasionais zumbiam no ar e iam se enfiar em troncos de árvores. Soldados feridos e outros desgarrados se esgueiravam pelas matas.

Olhando por uma das aleias de um bosque, o jovem

e seu companheiro viram quando um general ruidoso e seus auxiliares quase atropelaram um soldado ferido que engatinhava. O general puxou vigorosamente o freio na boca espumante de sua montaria e, manobrando-a com a destreza de um hábil cavaleiro, desviou do homem. Este se agitava com uma ânsia insana e torturada. Era evidente que suas forças o iam abandonando, agora que chegava a terreno seguro. Um de seus braços cedeu e ele caiu. Pôs-se de costas e ficou jogado lá, respirando devagar.

Mais um pouco e o barulhento pelotão de cavalaria estava bem em frente aos dois. Um outro oficial, que cavalgava com o abandono seguro de um vaqueiro, deu um pequeno galope e se pôs diante do general. Despercebidos, os dois praças a pé simularam seguir adiante, mas se deixaram ficar por perto para entreouvir a conversa. Imaginavam que se poderia, talvez, dizer alguma coisa sigilosa e histórica ali.

O general, que os rapazes sabiam ser o comandante da divisão a que pertenciam, olhou para o outro oficial e disse friamente, como se criticasse suas roupas. "O inimigo está assumindo formação para uma nova ofensiva. Será dirigida contra Whiterside; receio que conseguirão passar, a menos que trabalhemos pra diabo para detê-los."

O outro xingou seu cavalo que pastava e depois clareou a garganta. Fez um gesto na direção do próprio chapéu. "Vai ser um inferno segurá-los", limitou-se a dizer.

"Acho que sim", respondeu o general, e disparou a falar depressa, em voz baixa; em geral ilustrava suas palavras com um dedo em riste. Os dois soldados não conseguiam entender nada, até que finalmente o general perguntou: "De que regimentos você pode abrir mão?".

O oficial que montava como um vaqueiro refletiu por um instante. "Bom", disse, "eu tive de mandar o 12º para ajudar o 76º, e na verdade não tenho ninguém. Mas tem o 304º. Lutam feito um bando de tropeiros de mula. Posso abrir mão deles mais do que dos outros."

O jovem e seu amigo trocaram olhares estupefatos.

O general, numa voz vibrante, falou: "Prepare-os, então. Vou acompanhar as coisas daqui, e mando um recado quando for a hora de pôr os homens em marcha. Isso vai acontecer dentro de cinco minutos".

O outro oficial ergueu os dedos na direção do chapéu e, virando o cavalo, começava a se afastar, quando o general gritou para ele, num tom realista: "Acho que poucos dos seus muleiros vão voltar".

O outro disse alguma coisa em resposta. O general sorriu.

Com expressões assustadas, o jovem e seu companheiro correram de volta para a frente.

Tudo aquilo se passara num período incrivelmente curto e, no entanto, o jovem tinha a impressão clara de ter envelhecido muitos anos. Ele ganhara olhos novos. O que mais o chocava era descobrir, de repente, sua insignificância. O oficial falara do regimento como se se referisse a um escovão. Era preciso uma faxina em algum trecho da floresta e ele simplesmente indicava um escovão para o serviço, em tom de adequada indiferença por seu destino. A guerra era assim mesmo, sem dúvida, mas parecia estranho.

Quando se juntaram aos companheiros, o tenente os viu e inchou de raiva. "Fleming, Wilson! Quanto tempo vocês levam pra buscar água, afinal? Onde vocês andavam?"

Deteve o sermão ao ver os olhos deles, dilatados de grandes novidades. "Nós vamos atacar, Nós vamos atacar!", gritou o amigo do jovem, precipitando-se com as notícias.

"Atacar?", disse o tenente. "Atacar? Ora, por Deus! Isso é que é lutar pra valer", e um sorriso vaidoso rasgou sua cara suja de terra. "Atacar? Sim, por Deus!"

O EMBLEMA VERMELHO DA CORAGEM 167

Um pequeno grupo de soldados cercou os dois jovens. "Vocês têm certeza? Com mil demônios! Atacar? Pra quê? Atacar o quê? Wilson, você está mentindo."

"Quero morrer se estou", disse o amigo do jovem, elevando a voz a um agudo de sinceridade ofendida. "É a pura verdade, estou dizendo."

O jovem saiu em seu apoio. "Não tem um pingo de mentira no que ele disse. A gente ouviu eles conversando."

Viram, a pequena distância, duas figuras montadas se aproximando. Um era o coronel do regimento, e o outro, o oficial que recebera a ordem do comandante da divisão. Gesticulavam entre si. O praça que dera a notícia apontou para eles e traduziu a cena.

Alguém tinha uma última objeção: "Como é que vocês podem ter ouvido eles conversando?".

Mas a maioria já fazia que sim com a cabeça, admitindo que os dois falavam a verdade.

Todos assumiram posturas tranquilas, com um ar de aceitação da novidade. Puseram-se a meditar, com uma centena de expressões diferentes. O assunto era uma vasta matéria para o pensamento. Muitos apertaram os cintos e puxaram as calças para cima.

Pouco depois os oficiais estavam se agitando entre os soldados, empurrando-os para formarem uma massa mais compacta e organizada. Perseguiam os desgarrados e se enfureciam com os que mostravam, com suas atitudes, que haviam decidido permanecer naquele ponto. Os oficiais pareciam pastores irritadiços lutando contra ovelhas.

Por fim, o regimento inteiro pareceu se recompor e respirar fundo. Nenhum rosto espelhava grandes pensamentos. Os soldados estavam inclinados para a frente como corredores de curta distância antes da largada. Muitos pares de olhos cintilavam em rostos sombrios, na direção das profundezas da mata. Pareciam imersos em complexos cálculos de tempo e distância.

Em torno deles, cercando-os, ressoava o barulho da monstruosa discussão entre os dois exércitos. O mundo estava plenamente interessado em outros assuntos. Aparentemente, o regimento estava sozinho com seu pequeno problema.

O jovem, voltando-se, lançou um rápido olhar interrogativo ao amigo. Este lhe devolveu a mesma expressão. Eram os únicos que possuíam um conhecimento privilegiado da questão. "Muleiros... um inferno... poucos vão voltar." Era um segredo irônico. No entanto, um não viu hesitação alguma no rosto do outro, e ambos assentiram com a cabeça, mudos e sem esboçar protesto, quando um homem muito peludo disse perto deles, em voz dócil: "Vamos ser engolidos".

# 19

O jovem fitava o terreno à sua frente. A vegetação parecia ocultar agora horrores magníficos. Não tinha consciência das engrenagens de ordens que deram início ao ataque, embora houvesse visto de esguelha um oficial, que parecia um menino em seu cavalo, chegar a galope, abanando o chapéu. De repente, sentiu uma tensão ondular entre os homens. A coluna desabou para a frente, lenta, como uma muralha que desmoronasse, e com um engasgo convulsivo, fazendo as vezes de grito de guerra, se pôs a caminho. O jovem foi empurrado e sacudido por um momento antes de encontrar o ritmo da carreira, mas logo se lançou à frente e começou a correr.

Fixou o olhar num agrupamento de árvores destacado à distância, onde concluíra que o inimigo estaria. Correu na direção desse alvo. Acreditava ser tudo uma simples questão de cumprir uma tarefa desagradável o mais depressa possível, e corria em desespero, como se fosse procurado por homicídio. As linhas de seu rosto se contraíam, tensas do rigor da empreitada. Os olhos estavam congelados num brilho estático. Com as ataduras sujas em desalinho, o rosto vermelho e ardente encimado por aqueles trapos imundos com sua mancha de sangue, o rifle e outros atavios sacolejando desordenadamente, ele parecia um soldado louco.

Quando o regimento deixou a proteção da floresta e pisou no descampado, as matas e os arbustos à sua frente acordaram. Chispas amarelas foram cuspidas de muitas direções. A floresta era um terrível obstáculo.

A coluna marchou reta por um momento. Então a ala direita ganhou a frente, para em seguida ser ultrapassada pela esquerda. Pouco depois o centro assumia a liderança e, a certa altura, o regimento era um bolo de gente em forma de cunha, mas, em seguida, a resistência oferecida por árvores, moitas e depressões do terreno fragmentou o comando em grupos isolados.

O jovem, com pernas ligeiras, seguia à frente do pelotão sem se dar conta disso. Seus olhos ainda estavam fixos no agrupamento de árvores. De todos os pontos em torno do alvo que escolhera, ouvia-se em uníssono o berro do inimigo, e via-se o fogo de seus rifles chispantes. A música das balas enchia o ar, bombas rugiam entre as copas das árvores. Uma caiu bem no meio de um dos grupos que corriam e explodiu em fúria rubra. Por um átimo, viu-se a cena de um homem que, arremessado no ar, erguia as mãos para proteger os olhos.

Outros, alvejados por balas, caíam, em agonias grotescas. O regimento ia deixando atrás de si uma boa trilha de cadáveres.

Tinham entrado numa região de atmosfera mais clara. A nova aparência da paisagem tinha o efeito de uma revelação. Alguns homens que trabalhavam frenéticos num canhão estavam perfeitamente visíveis, e as colunas de infantaria inimiga eram denunciadas por muralhas franjadas de fumaça cinzenta.

O jovem tinha a impressão de enxergar tudo. Cada lâmina de grama verde era de uma nitidez impetuosa. Julgava ter consciência de cada mudança na disposição dos finos lençóis de vapor transparente que passavam flutuando. Os troncos cinza-amarronzados das árvores revelavam todas as asperezas de suas superfícies. E os homens do regimento, olhos arregalados e rostos suarentos, correndo loucamente, ou caindo como se fossem arremessados de ponta-cabeça para formar estranhas pilhas de defuntos — tudo era abarcado por seu olhar. Sua mente absorvia de todas aquelas coisas uma impressão mecânica, porém marcada, de modo que mais tarde tudo poderia ser recordado e explicado, com exceção de um detalhe: o que estaria ele fazendo ali?

A corrida furiosa provocava um estranho delírio. Os homens, lançando-se à frente de modo tresloucado, começaram a gritar vivas como um bando de bárbaros, afinados num diapasão esquisito capaz de excitar os parvos e os estoicos. O resultado era um entusiasmo louco que, aparentemente, nada seria capaz de deter, nem barreiras de granito e bronze. Havia no ar aquele desvario que acompanha o desespero e a morte, insensível e cego a quaisquer circunstâncias. Era uma ausência de egoísmo temporária, porém sublime. Foi talvez por isso que, mais tarde, o jovem se perguntou que razões o tinham levado a estar ali.

A certa altura, o ritmo extenuante aplacou a energia dos soldados. Como se houvessem combinado, os líderes começaram a afrouxar o passo. As balas dirigidas a eles haviam surtido tanto efeito quanto o vento: o regimento se limitara a rosnar e seguir adiante. Agora, porém, ao se ver entre algumas árvores imperturbáveis, começava a vacilar, incerto. Apertando os olhos, os rapazes começaram a aguardar que alguma das muralhas de fumaça a distância cedessem, revelando-lhes parte da cena. Com a maior parte de sua força e de seu fôlego esgotada, readquiriram uma atitude prudente. Haviam se transformado em homens de novo.

Vagamente, o jovem acreditava ter percorrido milhas; pensava estar agora em terreno novo e desconhecido.

No momento em que o regimento parou de avançar, o pipocar dos rifles tornou-se um rugido contínuo. Franjas de fumaça, longas e precisas, se espalhavam. Do alto de um morrinho vinham chispas de um fogo amarelo que enchiam o ar de silvos desumanos.

Os soldados, ao parar, tiveram a chance de ver alguns de seus companheiros caídos, gemendo e guinchando. Uns poucos estavam bem próximos, imóveis, e outros, se debatendo. Por alguns instantes os homens ficaram de pé ali, segurando frouxamente seus rifles e observando o regimento se esvair. Pareciam zonzos e apalermados. Era como se o espetáculo os houvesse paralisado, dominando-os com um fascínio mortal. Olhavam tudo impassíveis e, baixando os olhos, iam de um rosto a outro no chão. Foi uma pausa estranha, envolta num estranho silêncio.

Nesse momento, sobre os sons da comoção exterior, ergueu-se a voz do tenente. Ele surgira de repente, com as feições juvenis roxas de fúria.

"Vamos lá, seus idiotas!", bradou. "Vamos lá! Vocês não podem ficar aqui. Precisam vir comigo."

Dizia outras coisas, mas a maior parte delas era incompreensível.

Começou a avançar com grande ímpeto, o rosto voltado para os homens. "Vamos lá", gritava. Os soldados olharam para ele sem expressão, como caipiras. O oficial foi obrigado a parar e retroceder. Dando as costas ao inimigo, despejou formidáveis insultos na cara dos soldados. Seu corpo era sacudido pelo peso violento das imprecações. Desfiava palavrões com a destreza de uma dona de casa enfiando contas num colar.

O amigo do jovem se empolgou. Projetando-se bruscamente, pôs-se de joelhos e disparou um tiro raivoso na direção da mata renitente. Essa ação despertou os rapazes, que deixaram de se agrupar como carneiros assustados. Pareceram se lembrar de repente de suas armas e, imediatamente, começaram a atirar. Logo, tangidos pelos oficiais, avançavam outra vez. Parecendo uma car-

O EMBLEMA VERMELHO DA CORAGEM

roça de rodas emplastradas de barro e lama, a tropa se pôs em movimento lenta e sofridamente, entre sacolejos. Os homens se detinham de poucos em poucos passos para disparar e recarregar seus rifles, de modo que seu progresso era vagaroso, de árvore em árvore.

A flamejante oposição diante deles crescia à medida que avançavam, até que todos os caminhos pareciam bloqueados por finas línguas de fogo e, para a direita, podia-se entrever em alguns momentos uma sinistra formação. A fumaça produzida recentemente se agrupava em nuvens convulsas, dificultando a tarefa de avançar com inteligência. A cada massa revolta que atravessava, o jovem se perguntava o que estaria a sua espera do outro lado. Assim, o comando avançou espinhosamente até que um trecho de campo aberto era tudo o que se interpunha entre ele e as nítidas linhas de defesa. Nesse ponto, agachados e encolhidos atrás de umas poucas árvores, os rapazes tentaram desesperadamente se agarrar ao terreno, como se ameaçados por uma onda. Pareciam perturbados, como assombrados pela furiosa confusão que haviam provocado. Na tormenta havia uma irônica expressão de sua importância. Demonstravam também uma ausência de responsabilidade pelo fato de estarem ali. Era como se tivessem sido induzidos. Em seu momento supremo, o animal dominante não conseguia se lembrar das motivações que jaziam por trás de muitos dos seus atributos exteriores. Tudo aquilo era incompreensível para boa parte dos soldados.

Vendo que os homens tinham parado novamente, o tenente se pôs mais uma vez a berrar impropérios. Alheio à ameaça vingativa das balas, circulava entre os homens distribuindo incentivos, invectivas e insultos. Seus lábios, que novamente tinham uma curvatura quase infantil, crispavam-se agora em contorções hediondas. O tenente invocava todas as divindades existentes.

A certa altura, agarrou o jovem pelo braço. "Vamos lá, seu imbecil!", rugiu. "Vamos lá! Nós vamos morrer se ficarmos aqui! Só falta atravessar esse trecho! Depois...", e o resto da mensagem desapareceu numa neblina obscena de imprecações.

O jovem esticou o braço para a frente. "Atravessar isso?", perguntou, contraindo os lábios numa expressão de dúvida e espanto.

"Claro. Só atravessar! Não podemos ficar aqui", berrou o tenente e colou o rosto no do jovem, sacudindo a mão enfaixada. "Vamos lá!" Acabou por agarrar o praça como se fosse lutar com ele. Parecia disposto a arrastá-lo ao ataque pela orelha.

O subordinado foi tomado de uma súbita, indizível indignação. Debatendo-se ferozmente, libertou-se do oficial.

"Venha você também, então", gritou. Havia um tom de ríspido desafio em sua voz.

Correram juntos diante da linha formada pelo regimento. O amigo do jovem saiu atabalhoado atrás deles. Diante da bandeira, os três começaram a bradar: "Vamos lá! Vamos lá!".

Dançavam e rodopiavam como selvagens atormentados.

Obediente, a bandeira inclinou sua forma rebrilhante e se movimentou na direção deles. Os soldados se agitaram, indecisos por um momento. Então, com um grito longo e plangente, o dilapidado regimento lançou-se à frente e recomeçou a caminhada.

Lá se foi pelo campo a açodada massa de gente. Eram uns poucos homens atirados na cara do inimigo. Sobre eles, instantaneamente, saltaram as línguas amarelas. Uma imensa quantidade de fumaça azul pairava à frente. O violento estrépito inutilizava os ouvidos.

O jovem correu feito um louco para chegar à mata antes que uma bala o encontrasse. Ia de cabeça baixa, como um jogador de futebol americano. Naquela pressa, tinha os olhos quase fechados, e tudo o que via era um borrão frenético. A saliva pulsava nos cantos da boca.

Dentro dele, à medida que avançava, foi nascendo um

O EMBLEMA VERMELHO DA CORAGEM

amor, um afeto desesperado pela bandeira que seguia ao seu lado. A bandeira, uma criação de rara beleza, era invulnerável, uma deusa radiante que, num gesto imperioso, curvava seu corpo sobre o dele. Uma mulher vermelha e branca, cheia de ódio e amor, a chamá-lo com a voz de suas esperanças. Nenhum mal podia ser feito a ela, e isso levava o jovem a lhe atribuir um grande poder. Mantinha-se por perto, como se ela fosse capaz de salvar vidas. Em pensamento, implorou-lhe que o fizesse.

Na confusão louca, percebeu que o sargento negro do estandarte se encolhia, como se tivesse levado uma cacetada. Primeiro oscilou, depois ficou imóvel, com exceção de seus joelhos, que tremiam.

O jovem deu um salto e agarrou o mastro. No mesmo instante, seu amigo pegou a haste pelo outro lado. Os dois puxavam a bandeira com força furiosa, mas o sargento negro estava morto e o cadáver se recusava a afrouxar a mão. Por um momento, houve um embate sinistro. O morto, gingando, curvado para a frente, parecia disputar obstinadamente a posse do pavilhão de maneira ridícula e pavorosa.

A cena durou um instante. Arrancaram com raiva a bandeira do morto, e, quando se voltaram para prosseguir, o cadáver tombou lentamente para a frente, de cabeça baixa. O braço que estava erguido desabou, e a mão, ainda em forma de garra, caiu num pesado protesto sobre o ombro indiferente do amigo do jovem.

## 20

Quando os dois se voltaram com a bandeira, viram que a maior parte do regimento se dispersara e que a parte restante, abatida, estava retrocedendo. Depois de se projetarem à frente como balas, os homens tinham chegado ao fim de suas forças. Retornavam lentamente, ainda de rostos voltados para a mata fervilhante e com os rifles quentes respondendo ao fogo. Diversos oficiais elevavam vozes de comando.

"Onde diabos vocês estão indo?", perguntou o tenente, num uivo ácido. Um oficial de barba ruiva, cuja voz de trombone graduado podia ser ouvida com muita clareza, comandava: "Atirem neles! Atirem neles, malditos sejam!". Era uma *mêlée* de gritos, dentro da qual os soldados, perdidos, recebiam ordens conflitantes e irrealizáveis.

O jovem e seu amigo tiveram uma pequena briga por causa da bandeira, "Me dá ela!". "Não, deixa que eu levo!" Ambos ficariam plenamente satisfeitos de ver o outro carregar o pavilhão, mas cada um queria declarar, com aquela oferta de levá-lo sozinho, a disposição de arriscar a vida um pouco mais. O jovem terminou por afastar rudemente o amigo.

O regimento voltou à sua posição entre as árvores imperturbáveis. Ali, fez uma pausa para mandar bala em algumas formas escuras que começavam a avançar na sua direção. Em seguida voltou a se deslocar sinuosamente, es-

O EMBLEMA VERMELHO DA CORAGEM 177

quivando-se de troncos. Quando a desgastada tropa atingiu novamente a primeira clareira, estava recebendo um fogo veloz e implacável. Parecia cercada por multidões.

A maioria dos soldados, desanimada pelo torvelinho, agia com estupor. Os homens aceitavam a sova das balas de cabeça baixa, exaustos. Não havia sentido algum em lutar contra muralhas. Era inútil se bater contra blocos de granito. Dessa consciência de que haviam tentado conquistar o inconquistável, começou a emergir a sensação de que haviam sido traídos. Por sob os cenhos cabisbaixos, olhares ameaçadores eram dirigidos a alguns dos oficiais, especialmente o de barba ruiva com sua voz de trombone.

No entanto, a retaguarda do regimento estava franjada de soldados que continuavam a atirar com irritação nos inimigos. Pareciam decididos a criar todas as dificuldades que pudessem. O jovem tenente era talvez o último homem da massa desordenada. Dava as costas ao perigo, displiscente. Tinha levado um tiro no braço, que pendia ao lado do corpo, esticado e inerte. De vez em quando se esquecia disso e chegava bem perto de sublinhar alguma praga com um gesto largo. Nesses momentos, a dor multiplicada levava-o a desferir palavrões com impressionante vigor.

O jovem seguia com passos furtivos e incertos. Voltava-se o tempo todo para vigiar a retaguarda. Seu rosto tinha uma expressão de devastação e ódio. Havia imaginado uma excelente forma de se vingar do oficial que se referira a ele e seus companheiros como tropeiros de mulas. Contudo, percebia agora que ela era inexequível. Seus sonhos tinham ruído quando o bando de muleiros, menor a cada instante, vacilara, enfraquecido, no meio do pequeno descampado, para em seguida retroceder. Agora, a fuga dos muleiros era para ele uma marcha vergonhosa.

De seu semblante sombrio partia um olhar de faca afiada na direção do inimigo, mas sua fúria maior se fixava no homem que, sem conhecê-lo, o chamara de muleiro.

Quando tomou consciência de que ele e seus companheiros haviam fracassado em realizar qualquer feito que pudesse provocar pontadas de alguma espécie de remorso no oficial, o jovem deixou que a ira dos traídos o possuísse. Aquele oficial frio que, despreocupado, semeava epítetos do alto de seu pedestal, pensava ele, estaria bem melhor morto. O pensamento era tão grave e doloroso que ele nunca mais teria o direito de, secretamente, zombar do homem.

Havia imaginado uma curiosa vingança em letras vermelhas: "Quer dizer que nós somos muleiros, é?". E agora era obrigado a descartá-la.

Acabou por embrulhar seu coração no manto do orgulho e manteve a bandeira erguida. Provocava os companheiros, empurrando-os com a mão livre. Aos conhecidos, fazia apelos frenéticos, chamando-os pelo nome. Entre ele e o tenente, que ainda praguejava e parecia a ponto de perder a sanidade de tanta cólera, surgiu de repente um sutil laço de companheirismo e igualdade. Amparavam-se um ao outro com protestos em forma de uivos e rugidos.

Mas o regimento era uma máquina defeituosa. Os dois gastavam seu fôlego com algo inteiramente destituído de força. Os soldados que tinham coragem de seguir a passos moderados eram continuamente bombardeados em sua determinação pela consciência de que mais e mais colegas deslizavam rapidamente de volta às fileiras. Era difícil pensar em reputação quando outros pensavam em salvar a pele. Os feridos foram deixados para trás, aos gritos, naquela jornada tenebrosa.

Chispas e franjas de fumaça continuavam a brotar sem trégua. Ao espiar por uma súbita abertura numa nuvem, o jovem viu uma escura massa de soldados entrelaçados aumentando, até parecerem milhares. Uma bandeira de cor feroz rebrilhou diante de seus olhos.

Imediatamente, como se a suspensão da fumaça houvesse sido previamente combinada, os soldados assim

O EMBLEMA VERMELHO DA CORAGEM 179

descerrados romperam num grito rascante e uma centena de faíscas voou sobre o bando em retirada. Uma nuvem cinza enovelada voltou a se interpor entre as partes antes que o regimento respondesse teimosamente ao fogo. E mais uma vez, o jovem dependeu apenas de seus achincalhados ouvidos, que zumbiam, trêmulos com aquela *mêlée* de tiros e berros.

A caminhada parecia eterna. No meio da névoa, alguns entraram em pânico, achando que o regimento se perdera e seguia em direção perigosa. Os que lideravam a estranha procissão deram meia-volta e vieram empurrando os companheiros aos berros, dizendo que atiravam neles de pontos onde haviam presumido estar suas próprias linhas. Diante disso, os soldados foram assolados por um desespero histérico. Um certo praça, que até então vinha tentando manter o regimento agrupado num único bloco, para que desse modo fosse capaz de seguir sereno em meio a dificuldades tão tremendas, de repente caiu de joelhos e enterrou o rosto nos braços, com o ar de quem finalmente aceita a condenação. De outro, partia um lamento esganiçado, cheio de alusões maldosas a um general. Homens corriam de um lado para o outro, buscando com os olhos alguma rota de fuga. Com uma calma regularidade, como se obedecessem a um plano, as balas tinham seu impacto amortecido pelos homens.

O jovem caminhou impávido até o centro da confusão e com a bandeira nas mãos adotou uma posição de quem espera alguma tentativa de derrubá-lo. Sem se dar conta, assumia a atitude do porta-estandarte que observara na batalha da véspera. Passou a mão trêmula na testa. A respiração lhe saía com dificuldade. Sufocava naquela curta espera pelo fim da crise.

O amigo veio ter com ele. "Bom, Henry, acho que chegou a hora da despedida."

"Oh, cala a boca, seu maldito imbecil!", replicou o jovem, sem se dignar a olhar para o outro.

Os oficiais trabalhavam feito políticos amoldando a massa caótica num círculo adequado para enfrentar as ameaças. O solo era irregular e esburacado. Homens se enrodilhavam dentro de depressões e se apertavam atrás de qualquer coisa que pudesse desviar uma bala.

O jovem notou, com uma vaga surpresa, que o tenente estava mudo, com as pernas bem abertas, segurando a espada à guisa de bengala. Perguntava-se o que teria acontecido a seu aparelho vocal para que ele parasse de vituperar.

Havia algo de intrigante naquela pausa concentrada do tenente. Parecia um bebê que, tendo chorado tudo o que tinha para chorar, fixa os olhos num brinquedo distante. A contemplação o absorvia por inteiro; seu lábio inferior caído tremia com as palavras que murmurava para si mesmo.

Uma nuvem de fumaça estúpida se evolava, preguiçosa. Protegendo-se das balas, os homens aguardavam ansiosamente que ela subisse para revelar o destino do regimento.

As linhas silenciosas foram subitamente galvanizadas pelo berro nervoso do jovem tenente: "Lá vêm eles! Meu Deus, bem pra cima de nós!". O resto do discurso foi sufocado pela terrível matraca dos rifles do regimento.

Os olhos do jovem se voltaram de imediato para o ponto a que o tenente, subitamente desperto e agitado, apontava. Viu a neblina traiçoeira se dissipando para revelar um grupo de soldados inimigos. Estavam tão próximos que era possível divisar suas feições. Por um instante o jovem pôde estudar seus tipos fisionômicos. Também notou, com um vago espanto, que os uniformes deles tinham um efeito alegre, de um cinza-claro, com golas e punhos num tom brilhante. Pareciam ser roupas novas.

Aparentemente, vinham avançando com cautela, os rifles em posição de tiro, quando o jovem tenente os descobriu e seu movimento foi detido pela rajada do regi-

O EMBLEMA VERMELHO DA CORAGEM

mento azul. Pelo que foi possível perceber de relance, era de supor que não tinham consciência da proximidade do inimigo, ou então estavam enganados sobre a direção em que os azuis se encontravam. Quase no mesmo instante, foram outra vez escondidos da vista do jovem pela fumaça dos rifles enérgicos de seus companheiros. Apertando os olhos para tentar avaliar a eficácia dos disparos, viu apenas uma nuvem à sua frente.

Os dois grupos de soldados trocaram golpes como uma dupla de pugilistas. Tiros rápidos e exasperados iam e vinham. Os homens de azul se dedicavam ao tiroteio com uma aplicação proporcional ao desespero de sua situação, agarrando-se à chance de uma vingança à queima-roupa. Trovejavam em alto volume, valorosamente. A linha arqueada se eriçava de faíscas, e o ruído das hastes contra os canos enchia o ar. O jovem se agachou e, esquivando-se da fumaça por algum tempo, conseguiu captar uns poucos relances incompletos do inimigo. Parecia haver um bom punhado deles, todos retrucando com desembaraço. Achou que continuavam a se aproximar do regimento, passo a passo. Sentou-se no chão, taciturno, com a bandeira entre os joelhos.

Notando o ânimo feroz dos companheiros, que pareciam lobos, ocorreu-lhe o doce pensamento de que, se o inimigo estava a ponto de capturar o regimento-escovão, havia pelo menos um consolo: tombariam de cerdas em riste.

Entretanto, os golpes do adversário começaram a dar sinais de fraqueza, e cada vez menos balas cortavam o ar. Então, quando os rapazes fizeram uma pausa para tentar ouvir alguma coisa, viram apenas a fumaça escura suspensa sobre o campo. O regimento ficou imóvel, de olhos bem atentos. Por fim, uma brisa fortuita encontrou a incômoda névoa, que começou a se deslocar pesadamente. Os soldados viram, nesse momento, um campo sem inimigos. Seria um palco vazio, não fossem uns corpos atirados pelo chão, contorcidos em formas fantásticas sobre o mato rasteiro.

À visão desse quadro, muitos dos homens de azul pularam de seus esconderijos e deram início a uma dança desajeitada. Um fogo ardia em seus olhos, e de seus lábios ressequidos saíram roucos gritos de euforia.

Começara a parecer que a realidade tentava provar que eles eram impotentes. Era evidente que todas aquelas pequenas batalhas se esforçaram para demonstrar que não sabiam lutar direito. Então, quando já estavam à beira de se submeter a essas ideias, um pequeno duelo lhes mostrava que suas chances não eram nulas. Tinham se vingado de seus próprios medos e do inimigo também.

O ímpeto e o entusiasmo voltaram. Os soldados olhavam em torno de si com um ar de orgulho restaurado, sentindo uma nova confiança nas armas cruéis e sempre seguras, resolutas e negras que tinham em mãos. Eram homens.

## 21

Logo descobriram que nada mais os ameaçava. Todos os caminhos pareciam novamente abertos para eles. As linhas amigas, de um azul empoeirado, eram visíveis a pequena distância. De pontos remotos vinham estrondos colossais, mas naquela parte do campo reinava uma súbita tranquilidade.

Perceberam que estavam livres. O bando dilapidado respirou fundo com alívio e se agrupou para completar a jornada.

Nesse último trecho da viagem, os soldados começaram a revelar estranhas emoções. Iam apressados, nervosos, com medo. Homens que tinham sido duros e impassíveis nos momentos mais tenebrosos já não conseguiam ocultar uma ansiedade fremente. Talvez tivessem horror à ideia de morrer de forma insignificante, agora que passara o momento das mortes militares adequadas. Ou talvez achassem que seria irônico demais perecer quando se achavam às portas da segurança. Lançando olhares perturbados para trás, apertavam o passo.

Ao se aproximarem de suas linhas, foram recebidos com sarcasmo por um regimento bronzeado e macilento que descansava à sombra de umas árvores. Perguntas vieram flutuando até eles.

"Onde vocês andaram, por Deus?"

"Estão voltando pra quê?"

"Por que não ficaram lá?"

"Tava muito quente lá, filho?"

"Vão pra casa agora, rapazes?"

Um deles gritou, numa mímica sarcástica: "Oh, mãe, vem depressa ver os soldados!".

O regimento estropiado e exausto não respondeu, com duas exceções: a de um homem que, em altos brados, desafiava quem quisesse resolver a questão no braço, e a do oficial de barba ruiva, que se aproximou do outro regimento e encarou cheio de bazófia um capitão alto. Mas o tenente mandou o soldado que queria trocar sopapos se calar, e o capitão alto, constrangido diante da fanfarronice do barbudo ruivo, desviou os olhos e encarou atentamente umas árvores.

Doeram fundo na carne macia do jovem aquelas observações. De cenho franzido, lançou um longo olhar de ódio aos gozadores. Imaginava algumas vinganças. No entanto, muitos no regimento abaixavam a cabeça feito criminosos, de modo que a marcha ficou subitamente pesada, como se os homens carregassem nos ombros o caixão de sua honra. O jovem tenente, voltando a si, começou a murmurar baixinho pragas tenebrosas.

Quando chegaram à sua antiga posição, todos se viraram para observar o campo que atravessaram quando se lançaram ao ataque.

Um enorme assombro tomou conta do jovem. Descobriu que as distâncias reais, comparadas com as brilhantes medições mentais que fizera, eram ridiculamente prosaicas. As árvores imperturbáveis, sob as quais transcorrera a maior parte da ação, pareciam incrivelmente próximas. Agora que pensava sobre isso, percebeu que também o tempo fora curto. Ponderou sobre o número de emoções e eventos concentrados em tão exíguos tempo e espaço. Uma liliputiana conformação mental tinha agigantado tudo, concluiu.

O EMBLEMA VERMELHO DA CORAGEM

Naquele momento, parecia ao jovem que havia uma justiça amarga no discurso dos veteranos macilentos e bronzeados. Lançou um olhar de desdém aos companheiros: salpicados pelo chão, eles sufocavam com a poeira, corados de suor, de olhos turvos, desgrenhados.

Bebiam sofregamente em seus cantis, tentando extrair deles a última gota de água, e esfregavam, com mangas de casacos e tufos de grama, seus rostos inchados e luzidios.

Mesmo assim, o jovem sentiu um prazer considerável na recordação de seu próprio desempenho durante o assalto. Até ali não tivera tempo de apreciar seus feitos, mas agora se dedicava à enorme satisfação de recapitulá-los em silêncio. Lembrou-se de fragmentos de cores que, no meio da confusão, se haviam gravado inconscientemente em seus sentidos atarefados.

O regimento estava ali, arquejante do esforço tremendo, quando o oficial que os tinha chamado de muleiros veio galopando ao longo da linha. Perdera o chapéu. Seu cabelo revolto voava no vento e seu rosto estava sombrio de ira e frustração. O estado de espírito do homem se refletia claramente no modo como conduzia seu cavalo. Puxando e torcendo o arreio como um selvagem, deteve furiosamente o animal de respiração pesada junto do coronel do regimento. De imediato, explodiu em censuras que chegaram sem dificuldade aos ouvidos dos homens. Estes se fizeram alertas na mesma hora, interessados, como sempre, em quaisquer palavras duras trocadas por oficiais.

"Ah, mas que droga, MacChesnay, que bela porcaria você fez dessa história!", começou o oficial. Tentava falar em voz baixa, mas sua indignação ajudava alguns soldados a captar o sentido de suas palavras. "Que bela confusão você fez! Pelo amor de Deus, homem, você parou a trinta metros de uma linda vitória! Se seus homens tivessem avançado mais trinta metros você teria feito um excelente ataque, mas do jeito que foi... Que bando de moleirões você tem, aliás!"

Ouvindo com a respiração suspensa, os homens voltaram seus olhos ávidos para o coronel. Imploravam ver e ouvir mais, como mendigos.

Viram o coronel endireitar-se e erguer a mão num gesto de orador. Tinha uma expressão magoada, como um diácono que tivessem acusado de roubo. Os homens se contorciam de excitação, esperando.

Mas os modos do coronel mudaram de repente e, de diácono, ele passou a francês. Deu de ombros. "Ora, general, fomos o mais longe que pudemos", disse calmamente.

"O mais longe que puderam? É mesmo? Pelo amor de Deus!", rosnou o outro. "Bom, não era muito longe, não é?", acrescentou, com um olhar de frio desprezo nos olhos do outro. "Me parece que não foi muito longe. Sua missão era distrair o inimigo para ajudar Whiterside. Você pode ouvir por si mesmo o tamanho do seu sucesso." Deu meia-volta no cavalo e, muito empinado em sua cela, foi embora.

O coronel, convidado a dar atenção aos ásperos estrondos da batalha que dominava a floresta à sua esquerda, começou a xingar baixinho.

O tenente escutava toda a conversa com um ar de raiva impotente. De repente, num tom firme e destemido, falou: "Não me importo se o sujeito é isso ou aquilo, se é general ou qualquer coisa, mas se ele diz que os rapazes não lutaram com bravura, é um maldito idiota".

"Tenente", disse o coronel, severo, "isso é um problema meu, e eu acho melhor..."

O tenente fez um gesto obediente. "Está bem, coronel, está bem." Sentou-se, parecendo satisfeito consigo mesmo.

A notícia de que o regimento fora repreendido correu pelas fileiras. Por algum tempo os homens ficaram confusos. "Caramba!", murmuravam, vendo o general sumir na distância. Acreditavam tratar-se de um terrível engano.

O EMBLEMA VERMELHO DA CORAGEM

Logo, porém, passaram a acreditar que seus esforços tinham sido mesmo insuficientes. O jovem podia ver essa convicção pesando nos ombros do regimento inteiro, a tal ponto que os homens pareciam com animais sovados e desprezados, mas ainda rebeldes.

O amigo do jovem caminhou até ele com expressão desconsolada. "O que será que ele quer?", disse. "Ele deve estar pensando que nós fomos até lá pra jogar bola de gude! Nunca vi um sujeito assim!"

O jovem havia criado uma serena filosofia para esses momentos de irritação. "Ora...", respondeu, "ele provavelmente não viu nada do que aconteceu! Ficou soltando fumaça pelos ouvidos e chegou à conclusão de que nós nos comportamos como um bando de cordeirinhos só porque não fizemos o que ele queria. É uma pena que o velho vô Henderson tenha morrido ontem, ele ia saber que a gente fez tudo o que pôde, lutou bem. E que a gente é muito azarado, só isso..."

"Acho que sim", concordou o amigo; parecia profundamente magoado com aquela injustiça. "Acho que a gente é muito azarado mesmo! Não tem a menor graça ficar lutando pelas pessoas quando tudo o que você faz, qualquer coisa, dá errado. Tô pensando em ficar pra trás da próxima vez. Eles que peguem seus malditos ataques e vão pro diabo que os carregue..."

O jovem falou em tom suave, consolando o companheiro: "Bom, nós dois fizemos a nossa parte. Quero ver o imbecil que vai dizer que não fizemos tudo o que dava pra fazer".

"Claro que fizemos!", declarou o amigo, valente. "Eu quebro o pescoço do idiota que disser que não, mesmo que ele seja do tamanho de uma torre de igreja. Mas nós dois estamos com bom conceito, sabe. Ouvi um sujeito dizer que fomos nós que lutamos melhor em todo o regimento. Isso rendeu até uma discussão porque um outro, claro, tinha de se levantar e dizer que era mentira... que ele viu tudo o que aconteceu do começo até o fim e que nunca viu a gente, em momento nenhum. Mas aí uns outros entraram no meio e falaram que não era mentira coisa nenhuma, que nós lutamos feito uns demônios. Nos deram apoio. Mas é exatamente isso que eu não aguento, esses eternos veteranos zombando e rindo, e depois aquele general maluco..."

O jovem exclamou, subitamente exasperado: "Ele é um débil mental! Me deixa louco. Só queria que ele viesse junto da próxima vez. Íamos mostrar a ele o que...".

Interrompeu-se, porque vários homens chegaram correndo. Estava escrito em seus rostos que eram portadores de grandes novidades.

"Ei, Flem, você tem de ouvir isso!", gritou um deles, afoito.

"Ouvir o quê?", perguntou o jovem

"Você tem de ouvir isso!", repetiu um outro, preparando-se para dar a notícia; os demais formaram uma rodinha excitada. "Meu amigo, o coronel encontrou o nosso tenente bem pertinho da gente, foi a coisa mais incrível que eu já ouvi, e falou assim: 'Ahan! ahan!', ele falou. 'Senhor Hasbrouck, a propósito, quem é aquele rapaz que estava com a bandeira?'. Hein, Fleming, que tal isso? 'Quem é aquele rapaz que estava com a bandeira?', o coronel perguntou, e o tenente falou, na bucha: 'Aquele é o Fleming, ele é um caipira', assim mesmo, na bucha. O quê? Eu tô dizendo que falou! 'Um caipira', ele falou, bem com essas palavras. Falou, estou dizendo! Se você acha que sabe contar a história melhor do que eu, vai em frente e conta. Ah, não? Então fica de bico fechado. O tenente falou: 'Ele é um caipira', e o coronel: 'Ahan, ahan, ele é mesmo um homem muito bom de se ter... ahan! Manteve a bandeira lá na frente. Eu vi. É dos bons mesmo', o coronel falou. 'Se é', respondeu o tenente, 'ele e mais um sujeito chamado Wilson tomaram a frente do assalto, uivando feito índios o tempo todo',

O EMBLEMA VERMELHO DA CORAGEM 189

disse o tenente. 'Tomaram a frente do assalto o tempo todo', disse bem assim. 'Um sujeito chamado Wilson.' Hein, Wilson, meu garoto, bota isso numa carta e manda pra tua mãe, que tal? 'Um sujeito chamado Wilson', o tenente falou. E o coronel: 'É mesmo, é? Ahan, ahan... Com a breca! À frente do regimento?', perguntou. 'Pois estavam', disse o tenente. E o coronel: 'Com a breca!'. Aí falou assim: 'Ora, ora, ora', esse é o coronel falando, 'aqueles dois bebês?'. E o tenente: 'Estavam'. 'Ora, ora', disse o coronel, 'eles merecem virar oficiais de alta patente. Merecem virar oficiais de alta patente.'"

O jovem e seu amigo tinham pontuado aquela narrativa com exclamações: "Hum!" "Você é um mentiroso, Thompson!" "Ah, vai se danar!" "Ele nunca disse isso!" "Mas que mentira!" "Hum!". No entanto, apesar dos protestos juvenis e constrangidos, sabiam que seus rostos estavam profundamente rubros, queimando de prazer. Trocaram um olhar secreto de deleite e congratulações.

Num instante esqueceram uma porção de coisas. O passado já não guardava equívocos e decepções. Estavam muito felizes, com os corações inchados de afetuosa gratidão pelo coronel e pelo jovem tenente.

22

Quando a mata voltou a derramar multidões escuras de inimigos, o jovem estava sereno e confiante. Deu um breve sorriso quando viu homens se encolhendo e agachando sob as bombas uivantes, atiradas em gigantescos punhados na direção deles. Manteve-se de pé, teso e tranquilo, observando o ataque ter início num trecho da linha que fazia uma curva azul junto a uma colina próxima. Sem a visão molestada pela fumaça dos rifles de seus companheiros, pôde acompanhar alguns momentos do duro combate. Era um alívio ser finalmente capaz de enxergar o que provocava alguns dos ruídos que vinham tonitruando em seus ouvidos.

A pequena distância, viu dois regimentos que lutavam uma batalha separada com dois outros regimentos. Era numa clareira que parecia destacada do resto. Os homens atiravam como se estivessem num duelo, infligindo e recebendo golpes tremendos. Os disparos eram incrivelmente ferozes e rápidos. Aqueles regimentos tão concentrados pareciam alheios aos propósitos maiores da guerra, e se batiam como num jogo em que houvesse um perfeito equilíbrio de forças.

Olhando em outra direção, viu uma brigada magnífica empenhada em expulsar o inimigo de um trecho da mata. As colunas iam de visíveis a encobertas; a certa altura ouviu-se o alarido de uma balbúrdia de assustar dentro da floresta. A barulheira era indescritível. Tendo provocado esse estrépito prodigioso, e aparentemente julgando-o prodigioso demais, depois de algum tempo, veio a brigada marchando alegremente para fora da mata outra vez, com sua formação praticamente inalterada. Não havia traço de pressa em seus movimentos. A brigada ia brejeira, como se apontasse um orgulhoso polegar por sobre o ombro para a floresta que berrava.

Numa elevação à esquerda havia uma longa fileira de canhões, raivosos e grosseiros, denunciando o inimigo que lá embaixo, além da mata, se reunia para mais um ataque, com a monotonia impiedosa dos conflitos. Ao deixar os canhões, as balas vermelhas e redondas davam origem a chamas rubras e a colunas de fumaça altas e grossas. De vez em quando, viam-se grupos de artilheiros cheios de serviço. Atrás da fila de canhões havia uma casa, branca e calma no meio das bombas que explodiam. Um bando de cavalos, amarrados a uma longa cerca, dava frenéticos puxões em seus arreios. Homens corriam de um lado para o outro.

A batalha à parte entre os quatro regimentos durou algum tempo. Como calhou de não haver qualquer interferência, resolveram a disputa por sua própria conta. Por alguns minutos surraram-se selvagemente, com grande vigor, até que os regimentos de roupa mais clara acusaram os golpes e retrocederam, deixando as fileiras vestidas de azul a gritar vitória. O jovem podia ver as duas bandeiras se sacudindo com as risadas, entre restos de fumaça.

De repente, houve uma estranha quietude, prenhe de significados. As linhas azuis se inquietaram um pouco, fitando, cheias de expectativa, as matas e os campos sossegados à sua frente. O silêncio era solene como o de uma igreja, perturbado apenas por uma bateria distante que, incapaz de ficar quieta, fazia rolar pela terra amortecidos trovões. Aquilo irritava, como o alarido de meninos desrespeitosos. Os soldados temiam que o barulho impedisse seus ouvidos atentos de escutar as primeiras notícias da nova batalha.

De súbito, os canhões da elevação ribombaram uma mensagem de alerta. Um ruído de fritura começou a vir da floresta. Cresceu com velocidade espantosa até se transformar num clamor profundo que envolvia toda a terra. O embate ensurdecedor varreu as linhas de soldados até produzir um único rugido interminável. Para aqueles que estavam no meio da confusão, o fragor tinha a escala do universo. Eram os chiados e pancadas de um maquinário gigantesco, complicações entre as estrelas menores. Os ouvidos do jovem estavam repletos até a borda, incapazes de escutar qualquer coisa mais.

Num morrinho em que serpenteava uma estrada, ele viu a corrida desesperada e impetuosa de homens sempre indo e vindo em mares turbulentos. Os pedaços de exércitos antagônicos eram duas longas ondas que se quebravam loucamente, uma sobre a outra, em determinados pontos. Corcoveavam para a frente e para trás. Às vezes, um lado começava a festejar, aos gritos, proclamando golpes decisivos, mas em seguida era o outro lado que gritava e festejava. À certa altura o jovem viu um borrifo de formas claras precipitar-se com saltos caninos sobre as ondulantes linhas azuis. Depois de muitos uivos, afastou-se com a boca cheia de prisioneiros. Então viu uma vaga azul jogar-se com tão tremenda força contra um obstáculo cinzento que pareceu varrê-lo da face da Terra, deixando apenas a lama pisoteada. O tempo todo, em suas corridas rápidas e fatais de um lado para o outro, os homens berravam e ululavam como loucos.

Certos postos atrás de cercas e posições seguras atrás de grupos de árvores eram ferozmente disputados, como se fossem tronos de ouro ou camas de pérolas. Parecia haver investidas sobre esses locais de eleição o tempo todo, e a maioria era disputada como se fosse um brinquedo entre forças rivais. Observando as bandeiras

O EMBLEMA VERMELHO DA CORAGEM 193

que cruzavam o campo de batalha em todas as direções como rubra espuma, o jovem não era capaz de dizer qual a cor do uniforme que vencia.

O abatido regimento lançou-se à luta com ferocidade intacta quando chegou a sua vez. Voltando a ser alvejados por tiros, os homens romperam em gritos bárbaros de raiva e dor. Acomodaram cabeças por trás dos cães engatilhados dos rifles e fizeram pontaria com ódio concentrado. As hastes de metal tilintavam alto, raivosamente, enquanto braços ansiosos socavam os cartuchos dentro dos canos. A frente do regimento era um muro de fumaça perfurado por raios amarelos e vermelhos.

Espojando-se na luta, os soldados ficaram imundos em muito pouco tempo. Superavam em sujeira e fuligem qualquer aparência anterior. Mexendo-se de um lado para o outro com tensa determinação, balbuciando sem nexo, eles pareciam, com os corpos oscilantes que gingavam, rostos pretos e olhos brilhantes, monstros estranhos, feios, a dançar pesadamente na fumaça.

O tenente, voltando de uma incursão em busca de uma atadura, tirou de algum compartimento oculto em sua mente novos palavrões prodigiosos, bastante adequados à emergência. Fieiras de xingamentos foram brandidas como chicotes nas costas dos homens. Era evidente que todo o esforço anterior não comprometera suas reservas.

O jovem, ainda carregando o pavilhão, não sentia sua inutilidade. Estava profundamente entretido como espectador. O impacto e as reviravoltas daquele grande drama o faziam inclinar-se para a frente e apurar a vista, o rosto em pequenas contorções. Às vezes soltava exclamações infantis, as palavras saindo sem que se desse conta. Não tinha consciência de sua respiração, ou da bandeira que pairava muda sobre sua cabeça, tão concentrado que estava.

Uma formidável coluna de inimigos chegou a um ponto perigosamente próximo. Era possível vê-los claramente: homens altos e magros, de rostos excitados, correndo a passos largos na direção de uma cerca.

A visão do perigo, os homens interromperam subitamente suas monótonas sequências de pragas. Houve um instante de tenso silêncio antes que eles erguessem os rifles e disparassem uma gorda rajada sobre os inimigos. Nenhuma ordem fora dada; os soldados, reconhecendo a ameaça, tinham imediatamente dado vazão a seu enxame de balas, sem esperar pela voz de comando.

Os inimigos foram rápidos em encontrar a proteção da cerca. Deslizaram para trás dela com notável agilidade e dessa posição começaram rapidamente a estraçalhar os azuis.

Estes reuniram suas forças para uma luta grandiosa. Dentes trincados emprestavam brancas cintilações às caras escuras. Muitas cabeças emergiam aqui e ali, pra lá e pra cá, flutuando num pálido mar de fumaça. Frequentemente, os da cerca soltavam gritos e ganidos de escárnio e provocação, mas o regimento mantinha-se num silêncio nervoso. Talvez, diante do novo assalto, os homens se lembrassem que tinham sido chamados de moleirões e isso, de alguma forma, triplicava a gravidade da situação. Concentravam-se, respiração suspensa, na tarefa de resistir e escorraçar o gorjeante bando inimigo. Lutavam cheios de vigor, com algo de desesperadamente selvagem em seus rostos.

O jovem decidira não arredar pé, acontecesse o que acontecesse. Algumas das flechas de escárnio cravadas em seu coração haviam gerado um ódio estranho, inconfessável. Estava claro para ele que sua vingança última e absoluta só seria alcançada quando seu corpo, perfurado e jorrando, estivesse jogado sem vida no chão. Isso, sim, seria uma retaliação dolorosa ao oficial que os chamara de "muleiros" e depois de "moleirões", pois em todas as buscas atarantadas que fazia, raspando a mente atrás do indivíduo responsável por seus padecimentos e aflições, acabava por encontrar o mesmo homem, aquele

O EMBLEMA VERMELHO DA CORAGEM

que lhe pregara o apelido errado. E imaginava, embora o formulasse apenas vagamente, que seu cadáver seria aos olhos dele uma terrível, amarga recriminação.

O regimento sangrava além de todas as medidas. Grunhindo, aos magotes, os azuis começaram a tombar. O sargento, que era ordenança da companhia do jovem, levou um tiro que atravessou sua cara de uma bochecha à outra. A mandíbula, de suportes danificados, ficou pendurada, revelando a ampla caverna da boca com sua massa pulsante de dentes e sangue. Mesmo assim o homem tentava gritar. No esforço havia enorme empenho e sinceridade, como se achasse que bastaria desferir um belo uivo para ficar bom outra vez.

O jovem viu quando ele saiu finalmente na direção da retaguarda. Seu vigor não parecia de modo algum comprometido. Corria lépido, lançando olhares frenéticos para todos os lados, em busca de socorro.

Outros despencavam aos pés dos companheiros. Alguns dos feridos se arrastavam para longe, mas muitos ficavam ali mesmo, com os corpos retorcidos em posições improváveis.

À certa altura, o jovem procurou seu amigo. Viu um homem jovem e ardente, todo sujo de pólvora e fedendo, que sabia ser ele. O tenente também estava incólume em sua posição, mais atrás. Continuava a xingar, mas agora com o ar de quem gasta a última caixa de seu estoque de palavrões.

O fogo do regimento começara a amolecer, rarear. A voz forte que estranhamente chegara a sair da magra tropa se debilitava velozmente.

23

O coronel veio correndo por trás da linha. Outros oficiais o seguiam. "Precisamos atacá-los!", gritavam. "Precisamos atacá-los!", pregavam em tom ressentido, como se previssem uma resistência dos homens à ideia.

Mal escutou os gritos, o jovem começou a estudar a distância até o inimigo. Fez cálculos vagos. Viu que, para serem soldados de fibra, precisavam avançar. Permanecer ali seria a morte e, nas circunstâncias, retroceder atrairia mais agressores. A única esperança era empurrar o inimigo enervante para fora do abrigo da cerca.

Achava que os companheiros, desgastados, com os membros dormentes, teriam de ser arrastados ao ataque, mas, ao se voltar para eles, percebeu com alguma surpresa que trocavam breves olhares tácitos de concordância. A carga teve uma abertura musical sinistra quando as lâminas das baionetas tiniram contra os canos dos rifles. A um grito de comando os soldados saltaram à frente, sedentos. Havia uma força nova e inesperada nos movimentos da tropa. Sua condição cansada e murcha fazia o ataque parecer um paroxismo, aquela exibição de força que precede a fraqueza final. Os homens se espalharam de modo insano e febril sobre o campo, correndo como se precisassem obter sucesso rapidamente, antes que algum fluido precioso se esgotasse em seus corpos. Era uma carreira cega e desesperada do bando de ho-

O EMBLEMA VERMELHO DA CORAGEM

mens azuis de roupa enlameada e rota, sobre o gramado verde e sob um céu de safira na direção de uma cerca, vagamente esboçada na fumaça, atrás da qual pipocavam fervorosamente os rifles inimigos.

O jovem carregava as cores brilhantes na dianteira. Movia o braço livre em círculos furiosos ao mesmo tempo que grasnava conclamações e apelos, incentivando homens que, aliás, não precisavam do incentivo, pois parecia que a turba de azuis a se lançar contra os rifles mortais estava outra vez incendiada pelo entusiasmo louco que anula todo o egoísmo. A julgar pelos inúmeros tiros direcionados a eles, parecia que um único sucesso poderiam obter: o de deixar o campo coalhado de defuntos entre sua antiga posição e a cerca. Mas estavam num tal delírio, talvez por conta de esquecidas vaidades, que deram um belo espetáculo de destemor. Não havia qualquer ponderação, cálculo ou estratégia. Não havia, aparentemente, a menor chance. Tudo indicava que as asas ligeiras de seus sonhos se espatifariam contra os portões de ferro do impossível.

O jovem tinha o espírito intrépido do fanático religioso de um povo selvagem. Era capaz de profundos sacrifícios, de uma tremenda morte. Não havia tempo para analisar nada, mas tinha consciência de encarar as balas como coisas que podiam impedi-lo de atingir sua meta, nada mais. Assim pensando, sentiu uma íntima propagação de ondas de prazer.

Empenhou toda a força que lhe restava. Sua visão estava trêmula e embaçada com a tensão de cérebro e músculo. Nada via além da fumaça cortada por pequenas facas de fogo, mas sabia que no meio dela estava a velha cerca de um fazendeiro que sumira, e que esta cerca protegia os corpos encolhidos dos homens de cinza.

Enquanto corria, acendeu-se em sua mente uma imagem do choque do contato. Imaginou a dureza do impacto quando os dois grupos colidissem. Isso tornou-se parte da sua selvagem loucura bélica. Sentindo o empuxo do regimento a sua volta, concebeu um choque terrível, arrasador, que prostraria a resistência e espalharia consternação e espanto num raio de milhas. O regimento em disparada teria o efeito de uma enorme pedra lançada de uma catapulta. Esse sonho o fez ir mais rápido do que os companheiros, que, correndo feito loucos, soltavam gritos ásperos de ânimo.

Logo descobriu que muitos dos homens de cinza não tinham qualquer intenção de aparar o golpe. A fumaça, rolada pela brisa, deixava entrever soldados em disparada, ainda olhando para trás. Em pouco, era uma pequena multidão a bater em retirada teimosamente. Com frequência, um e outro ainda giravam nos calcanhares para mandar uma última bala na vaga azul.

Entretanto, num certo trecho da linha havia um grupo severo e obstinado, que não se mexeu. Estava firmemente plantado atrás de estacas e travões. Uma bandeira frenética e amarrotada era agitada alguns metros acima deles, e seus rifles estrondavam ferozes.

O redemoinho azul chegou muito perto, até parecer que haveria de fato um tenebroso embate físico. O desdém manifesto na resistência do pequeno grupo mudou o sentido dos gritos de guerra dos homens de azul. Eram agora urros de cólera, dirigidos, pessoais. Os dois lados, aos berros, se envolveram numa troca de insultos escabrosos.

Os de azul mostraram os dentes, os olhos brilhavam muito brancos. Atiravam-se à frente como se quisessem a garganta dos que teimavam em resistir. A distância entre eles encolheu até tornar-se insignificante.

O jovem direcionara o foco de seu espírito para a outra bandeira. Possuí-la seria uma elevada honra, a expressão de um corpo a corpo sangrento, de golpes desferidos a curta distância. Sentiu um ódio gigantesco daqueles que lhe impunham tantas dificuldades e constrangimentos. Faziam com que a bandeira se tornasse um cobiçado tesouro da mitologia, a ser conquistado ao cabo de portentosas tarefas, entre armadilhas fatais.

Saltou sobre ela como um cavalo louco. Estava resoluto e, se golpes desordenados e audazes bastassem para se conquistar algo assim, então ele a conquistaria. Seu próprio emblema, aberto e estalando ao vento, voava na direção do outro. Tudo indicava que logo se veria um choque de estranhos bicos e garras, como os de águias.

A corporação convulsa de homens azuis deteve-se de súbito a uma distância calamitosamente curta e disparou uma carga firme. O grupo de cinza foi partido e despedaçado por esse fogo, mas seu corpo esburacado continuou se debatendo. Os homens de azul urraram de novo e partiram para cima deles.

Aos saltos, o jovem viu, *como* através de uma névoa, uma imagem de quatro ou cinco homens estendidos no chão ou vacilantes em seus joelhos, cabisbaixos, como se o céu lhes houvesse desabado sobre as cabeças na forma de raios. Cambaleando entre eles estava o porta-estandarte rival, que o jovem notou ter sido atingido mortalmente pelas balas da última carga. Percebeu que ele lutava sua última batalha, a batalha de alguém cujas pernas se tornam presas de demônios. Era uma luta aterradora. Descia já sobre seu rosto a lividez da morte, mas impressas nela viam-se as linhas escuras e rígidas do propósito destituído de esperança. Com essa terrível máscara de determinação, o homem agarrou sua preciosa bandeira contra o corpo e saiu aos trancos, tropeçando, vacilante, tentando encontrar o caminho que a deixaria em segurança.

Os ferimentos pareciam tornar seus pés tardos, presos; o jovem lutou seriamente, como se ávidos capetas invisíveis estivessem agarrados em suas pernas e seus braços. Os que iam à frente entre os homens de azul que debandavam, gritando, pularam a cerca. O desespero dos perdidos brilhou em seus olhos quando ele se virou para trás.

O amigo do jovem livrou-se do obstáculo dando um salto e voando para cima da bandeira como uma pantera sobre a caça. Deu-lhe um puxão e, arrebatando-a, sacudiu sua rubra radiância com um grito demente de vitória, no mesmo instante em que o porta-estandarte desabava numa última pontada de dor e, com espasmos de crescente rigidez, virava o rosto morto para o chão. Via-se sangue farto sobre as lâminas de grama.

O lugar se encheu de um alarido alucinado de festa. Os homens berravam, gesticulando, num surto de êxtase. Quando conversavam, era como se imaginassem o interlocutor a uma milha de distância. Os poucos chapéus e bonés que sobravam foram atirados para o ar.

Num certo ponto da linha, quatro homens haviam sido agarrados e agora, prisioneiros, estavam sentados no chão. Alguns azuis formavam uma roda de ansiosa curiosidade em torno deles. Haviam capturado pássaros raros e agora os examinavam. Um alvoroço de perguntas atropeladas enchia o ar.

Um dos prisioneiros cuidava de um ferimento superficial no pé. Ele o acariciava, como se fosse um bebê, mas a curtos intervalos olhava para cima e rogava pragas com uma simplicidade espantosa e profunda, bem no nariz de seus captores. Mandava-os para os infernos; invocava a ira pestilenta de deuses estranhos. Mostrava-se, em tudo aquilo, notavelmente desprovido da mais mínima compreensão do código de conduta dos prisioneiros de guerra. Era como se um palerma desajeitado houvesse pisado em seu pé e ele julgasse ser privilégio seu e seu dever usar ofensas duras e ressentidas.

Um outro, que na idade era um menino, aceitava sua sina com calma e uma aparente boa natureza. Conversava com os homens de azul, estudando seus rostos com olhos brilhantes e perspicazes. Falavam de batalhas e das condições. Durante essa troca de pontos de vista, via-se um agudo interesse estampado em suas fisionomias. Era um prazer ouvir vozes vindas de uma região onde antes só havia trevas e especulações.

O terceiro cativo se deixou ficar sentado com expressão morosa. Mantinha uma atitude estoica e fria. A todas as tentativas de contato, dava uma única resposta, sem variação, "Ah, vai pro inferno!".

O último dos quatro guardava silêncio, mantendo na maior parte do tempo o rosto voltado para onde não visse ninguém. Aos olhos do jovem, dava a impressão de estar num estado de absoluta prostração. A vergonha o dominava e com ela havia talvez o profundo pesar de reconhecer que não mais contava entre os números de seus companheiros. O jovem não captou nenhuma expressão que o autorizasse a concluir que o outro estivesse dedicando o pensamento a um futuro estreito num calabouço imaginário, exposto à fome e aos muitos atos de brutalidade que pudesse conceber a fantasia. Só via a humilhação do cativeiro, o pesar pelo fim do seu direito de lutar.

Após terem comemorado o suficiente, os homens sentaram-se atrás da velha cerca dos trilhos, no lado oposto àquele de onde haviam enxotado o inimigo. Alguns davam tiros descuidados em alvos distantes.

Havia uma área de capim alto. O jovem se aninhou nele e descansou, usando um trilho providencial como suporte para a bandeira. O amigo, em sua euforia gloriosa, veio ter com ele, vaidoso, carregando seu próprio tesouro. Sentaram-se lado a lado, congratulando-se.

## 24

Os estrondos que se haviam sucedido numa longa fieira de sons, cortando a cara da floresta, foram se tornando fracos e intermitentes. Os discursos estentóreos da artilharia prosseguiram em algum combate distante, mas os estalos dos rifles estavam quase extintos. O jovem e seu amigo se entreolharam de repente, sentindo uma forma amortecida de angústia com a diminuição da barulheira, que se tornara parte da vida. Podiam ver mudanças no comportamento das tropas. Havia deslocamentos para lá e para cá. Um canhão rolava sem rumo, passeando. Na crista de um morrinho via-se o brilho espesso de mosquetes em retirada.

O jovem se levantou. "E agora, hein, o que será?", disse. Pelo tom, parecia se preparar para deplorar alguma nova monstruosidade no departamento de explosões e outros ruídos. Protegeu os olhos com sua mão imunda e contemplou o campo aberto.

O amigo também se levantou para olhar. "Aposto que a gente vai dar o fora daqui e voltar pras margens do rio", disse.

"Bom, assim espero!", disse o jovem.

Esperavam, observando. Em pouco tempo o regimento recebia ordens de refazer seus passos. Os homens se levantaram do capim entre resmungos, lamentando o fim do suave repouso. Sacudiam as pernas dormentes e esticavam os braços acima das cabeças. Houve quem soltasse palavrões, esfregando os olhos. Todos gemiam "Graças, a Deus!". Tinham tantas objeções a essa mudança quanto teriam à proposta de uma nova batalha.

Com passos lentos e pesados, cortaram de volta o campo que haviam cruzado em louco galope.

O regimento marchou até se juntar aos companheiros. A brigada reunida, formada em coluna, atravessou a floresta na direção de uma estrada. Logo estava no meio de uma multidão de soldados que, sujos de terra, seguiam num traçado paralelo ao das linhas inimigas como elas haviam sido demarcadas pela última tormenta.

Passaram por um trecho de onde se divisava uma sólida casa branca e, diante dela, viram grupos de companheiros deitados, em atitude de espera, atrás de trincheiras baixas. Uma fileira de armas mandava fogo num inimigo distante. Bombas atiradas em resposta levantavam nuvens de poeira e fragmentos. Cavaleiros passavam zunindo ao longo da linha de trincheiras.

Nesse ponto, a divisão fez uma curva, deixou o campo e começou a descer por um caminho serpenteante, na direção do rio. Quando absorveu o significado da marcha, o jovem voltou-se e olhou sobre o ombro para o chão pisado e salpicado de escombros. Encheu os pulmões com uma nova satisfação. Cutucou o amigo. "Bom, acabou", disse.

O outro também olhou para trás. "Meu Deus, é mesmo", concordou. Ficaram pensativos.

Por algum tempo as reflexões do jovem foram confusas e incertas. Sua mente passava por uma sutil transformação. Levou alguns instantes até conseguir descartar os hábitos das batalhas e retomar seu curso habitual de pensamento. Seu cérebro emergiu lentamente de densas nuvens e, ao fim de algum tempo, ele compreendia melhor a si e às circunstâncias.

Deu-se conta de que o fogo cruzado pertencia ao passado. Vivera numa terra de estranhas tormentas ruidosas e sobrevivera. Estivera lá, onde moram o vermelho do sangue e o negro da emoções, e escapara. Seus primeiros pensamentos foram dedicados a se regozijar com isso.

Em seguida começou a estudar seus feitos e malfeitos, fracassos e êxitos. Assim, recém-egresso de situações em que seus mecanismos normais de reflexão haviam estado ociosos, levando-o a prosseguir como um carneiro, esforçou-se por recapitular todos os seus atos.

Estes logo desfilaram com nitidez à sua frente. De sua posição atual o jovem podia vê-los como espectador e julgá-los como um bom juiz: sua nova condição já lhe abafara certas simpatias.

Contemplando a procissão de suas lembranças, sentiu-se feliz e pacificado, pois nela seus feitos públicos desfilavam em posição de proeminência, grandes e flamejantes. As cenas testemunhadas por seus companheiros marchavam agora em tons de ouro e púrpura, com variadas cintilações. Seguiam alegremente, com música. Era uma delícia assistir a coisas assim. Passou minutos prazerosos revendo as imagens douradas da memória.

Sabia que era bom. Recapitulou com um arrepio de prazer os comentários respeitosos dos companheiros a respeito de sua conduta.

De repente, porém, o fantasma de sua fuga da primeira batalha surgiu-lhe à frente, dançando. O fato provocou uma pequena gritaria em seu cérebro. Por um momento chegou a corar; e a luz de sua alma estremeceu de vergonha.

Um espectro de censura o assaltou. Lá estava, a acossá-lo, a lembrança do soldado maltrapilho — ele que, furado de balas e quase desmaiando por falta de sangue, se comovera com os ferimentos imaginários de outra pessoa; ele que emprestara suas últimas forças físicas e mentais ao praça alto; ele que fora abandonado, cego de exaustão e dor, no meio do campo ermo.

Por um momento sentiu descer pelo corpo um ter-

O EMBLEMA VERMELHO DA CORAGEM

rível suor frio ao pensar que poderia ser descoberto. Diante da visão insistente, soltou um grito ríspido de irritação e agonia.

Seu amigo se virou para ele. "Qual é o problema, Henry?", perguntou. A resposta do jovem foi um praguejar de iradas maldições.

Ao longo da marcha pela estradinha sombreada por copas de árvores, entre os companheiros tagarelas, essa imagem da crueldade o ia assombrando. Recusava-se a ir embora, encobrindo-lhe a visão das façanhas de ouro e púrpura. Para qualquer lado que seus pensamentos se voltassem, lá estava ele, o sombrio espectro da deserção no meio do campo ermo. Olhava de esguelha para os companheiros, convencido de que liam em seu rosto os sinais daquela obsessão. Mas os rapazes seguiam maltrapilhos, debatendo animadamente os fatos da última batalha.

"Olha, se alguém me perguntar, eu diria que a gente se deu mal, de verdade."

"Se deu mal, uma conversa! A gente não está derrotado, filho. Vamos descer por aqui, arrodear, e pegar eles por trás."

"Ah, para com essa sua história de arrodear eles por trás. Já estou por aqui com isso. Não me venha falar de arrodear."

"O Bill Smithers diz que preferia lutar mil batalhas do que ficar naquele hospital dos infernos. O Bill diz que atiraram no hospital durante a noite, e que umas bombas caíram no meio dos doentes. Diz que nunca viu uma gritaria igual."

"O Hasbrouck? O melhor oficial desse regimento. Um gigante."

"Não te falei que a gente ia arrodear eles por trás? Não te falei? A gente..."

"Ah, cala essa boca!"

A memória obsessiva do soldado maltrapilho drenou as veias do jovem de toda a exaltação. Via seu erro com nitidez e temia que permanecesse a vida inteira. Não participava da tagarelice dos companheiros. Não olhava para eles ou mesmo tomava conhecimento deles, a não ser quando, a certa altura, achou que seus pensamentos eram visíveis e que os outros podiam apreciar, assim, cada detalhe de sua cena com o maltrapilho.

Aos poucos, contudo, reuniu forças para pôr o pecado à distância. Mais um pouco e seus olhos se abriram para novas perspectivas. Descobriu que podia recordar as trompas e a linguagem empolada de seus primeiros cânticos religiosos e realmente podia enxergá-las. Sentiu-se radiante ao se dar conta de que as desprezava.

Com essa convicção, veio-lhe uma nova reserva de segurança. Teve uma sensação de serena virilidade, não agressiva, mas cheia de um sangue espesso e forte. Sabia que nunca mais se acovardaria diante de seus líderes, pouco importa para onde apontassem. Estivera muito perto de tocar com a mão a morte gloriosa. Descobrira que, no fim das contas, ela não passava de uma morte gloriosa. Era um homem.

Foi assim, afastando-se do cenário de sangue e fúria, que sua alma se transformou. Deixou as regiões reviradas pelas lâminas quentes do enxadão e entrou numa zona de tranquila pastagem; era como se as lâminas quentes do enxadão[12] nem mesmo existissem. As cicatrizes murcharam como flores.

Chovia. Sob o céu baixo e tenebroso, a procissão de soldados exaustos se transformou num trem enlameado, tristonho e resmungão, avançando com esforço sacolejante por uma vala de lama líquida. Mesmo assim o jovem sorria, pois se dera conta de que o mundo ainda era um mundo para ele, enquanto tantos haviam descoberto que o mundo jamais passaria de uma longa série de impropérios e muletas. Estava livre do enjoo vermelho da batalha. O pesadelo opressivo ficara no passado. No calor torturante da guerra tinha virado um bicho suarento, de boca seca. Voltava-se agora com uma sede amorosa para imagens de céus serenos, gramados verdejantes, frios regatos... uma existência de paz eterna e suave.

Sobre o rio, um raio dourado de sol atravessou as hostes de plúmbeas nuvens de chuva.

# Notas

1   No original, "returning with his shield or on it", advertência dirigida aos soldados gregos clássicos.

2   Washington, a capital do país, também era o lugar a partir do qual os soldados da União eram deslocados para o campo.

3   Recruta.

4   Richmond, na Virgínia, era a capital dos Estados Confederados da América.

5   Os soldados confederados eram conhecidos como Johnnie Rebs.

6   Via de regra, a brigada consistia em dois ou mais regimentos.

7   No original, "five an' twenty dead men baked in a pie", paródia do verso infantil "five and twenty blackbirds baked in a pie".

8   No original, "like a wafer". *Wafer* é um biscoito fino, hóstia ou obreia. Segundo a desacreditada interpretação alegórica cristã do romance, o "sol" = o "filho" ou o Cristo ressuscitado no céu como uma hóstia. É mais provável que Crane haja tomado emprestada a imagem do capítulo 3 de *The Light That Failed* de Rudyard Kipling (1899): "O sol brilhava, uma encarnada hóstia na água". Ou seja, Crane e Kipling comparam o sol à cera usada para selar uma carta.

9   No original, "asleep for a thousand years". Conforme o Apocalipse 20:2, Satanás passaria mil anos amarrado, até o segundo advento de Cristo.

10     *All quiet on the Rappahannock*, Katz, p. 276: "Ao descrever a vida no acampamento da União durante o inverno, o coronel confederado John S. Mosby (*Battles and Leaders of the Civil War*, iii, 149) consignou a referência da qual dependeria o gracejo de Henry: 'Os soldados tinham vida mansa, tranquila, a qual era descrita na estereotipada mensagem enviada toda noite à imprensa nortista: 'Nada de novo à beira do Potomac'".

11     Ditado popular que também aparece em *Toilers in London*, Hodder and Stoughton, Londres, 1889, pp. 17-8. No original, "A dog, a woman an' a wallnut tree, Th' more yeh beat 'em, th' better they be".

12     No original, "hot plowshares", em referência a Isaías 2:4: "Eles converterão suas espadas em enxadões".

# Outras leituras

Estudos gerais

GREENFIELD, Stanley B. "The Unmistakable Stephen Crane", *PMLA* 73 (dezembro de 1958): 562-72.

HOLTON, Milne. *Cylinder of Vision: The Fiction and Journalistic Writing of Stephen Crane*, Louisiana State University Press, Baton Rouge, 1972.

MONTEIRO, George. *Stephen Crane's Blue Badge of Courage.* Louisiana State University Press, Baton Rouge, 2000.

NAGEL, James. *Stephen Crane and Literary Impressionism*, Penn State University Press, University Park, 1980.

ROGERS, Rodney O. "Stephen Crane and Impressionism", *Nineteenth-Century Fiction* 24, 1969: 292-304.

SOLOMON, Eric. *Stephen Crane: From Parody to Realism*, Harvard University Press, Cambridge, Mass.,1966.

WERTHEIM, Stanley. "Unveiling the Humanist: Stephen Crane and Ethnic Minorities", *American Literary Realism* 30 (primavera de 1998): 65-75.


Fontes biográficas e bibliográficas

*The Correspondence of Stephen Crane*, Stanley Wertheim e Paul Sorrentino (eds.), 2 vols., Columbia University Press, Nova York, 1988.

*The Crane Log: A Documentary Life of Stephen Crane 1871-1900.* Stanley Wertheim e Paul Sorrentino (eds.), Hall, Nova York, 1994.

212 STEPHEN CRANE

DOOLEY, Patrick. *Stephen Crane: An Annotated Bibliography of Secondary Scholarship*. Hall, Nova York, 1992.

STALLMAN, R. W. *Stephen Crane: A Critical Bibliography*. Iowa University Press, Ames, 1972.

*Stephen Crane: The Critical Heritage*. Richard M. Weatherford (ed.), Routledge e Kegan Paul, Londres e Boston, 1973.


Leituras sobre O *emblema vermelho da coragem*

COX, James T. "The Imagery of *The Red Badge of Courage*", *Modern Fiction Studies* 5 (outono de 1959): 209-19.

*Critical Essays on* The Red Badge of Courage. Donald Pizer (ed.), Hall, Boston, 1990.

CURRAN, John E., Jr. "'Nobody Seems to Know Where We Go': Uncertainty, History, and Irony in *The Red Badge of Courage*", *American Literary Realism* 26 (outono de 1993): 1-12.

HUNGERFORD, Harold R. "'That Was at Chancellorsville': The Factual Framework of *The Red Badge of Courage*", *American Literature* 34, 1963: 520-31.

KENT, Thomas L. "Epistemological Uncertainty in *The Red Badge of Courage*", *Modern Fiction Studies* 27 (inverno de 1981-82): 621-8.

MCDERMOTT, John J. "Symbolism and Psychological Realism in *The Red Badge of Courage*", *Nineteenth-Century Fiction* 23, 1968: 324-31.

*New Essays on* The Red Badge of Courage. Lee Clark Mitchell (ed.), Cambridge University Press, Cambridge, 1986.

RECHNITZ, Robert M. "Depersonalization and the Dream in *The Red Badge of Courage*", *Studies in the Novel* 6 (primavera de 1974): 76-87.

REYNOLDS, Kirk M. "*The Red Badge of Courage*: Private Henry's Mind as Sole Point of View", *South Atlantic Review* 52, 1987: 59-69.

SATTERFIELD, Ben. "From Romance to Reality: The Accomplishment of Private Fleming", *CLA Journal* 24, 1980-81: 451-64.

SCHNEIDER, Micharl. "Monomyth Structure in *The Red Badge of Courage*", *American Literary Realism* 20 (outono de 1987): 45-55.

SHAW, Mary Neff. "Henry Fleming's Heroics in *The Red Badge of Courage*", *Studies in the Novel* 22, 1990: 418-28.

LEIA MAIS PENGUIN-COMPANHIA
CLÁSSICOS

# Essencial Jorge Amado

*Seleção e introdução de*
ALBERTO DA COSTA E SILVA

Além de ter se tornado um dos maiores nomes da nossa literatura e o escritor brasileiro mais difundido no exterior, Jorge Amado é um verdadeiro clássico das nossas letras. Seus romances, como *Jubiabá*, *Capitães da Areia*, *Terras do sem-fim*, *Gabriela, cravo e canela*, *Dona Flor e seus dois maridos*, *Tenda dos Milagres* e *Tieta do Agreste*, se tornaram extremamente populares, foram traduzidos e publicados em mais de cinquenta países, viraram filmes e novelas. Seus personagens ganharam vida e construíram a imagem de um Brasil mestiço e marcado pelo sincretismo religioso, um país alegre e otimista, sem porém negar as profundas diferenças sociais e os conflitos que marcam a realidade brasileira.

Escritor profícuo, Jorge Amado também é dono de uma das obras mais vastas da literatura brasileira. Neste *Essencial Jorge Amado*, o historiador Alberto da Costa e Silva, que, ao lado de Lilia Moritz Schwarcz, coordena a Coleção Jorge Amado na Companhia das Letras, realizou uma seleção a fim de oferecer ao leitor um panorama geral desta obra. Como ocorre na coleção *Portable*, da Penguin, que inspirou a série, *Essencial Jorge Amado* dá um giro por toda a produção do autor: são trechos de romances, reportagens, contos e uma novela completa, *A morte e a morte de Quincas Berro Dágua*.

Cada trecho é precedido de um comentário de Alberto da Costa e Silva, que contextualiza a obra e a aproxima do leitor de hoje. Além disso, o historiador também assina a introdução do livro. Nesse texto, novos leitores de Jorge Amado encontrarão informações biográficas, análises e uma visão original sobre a obra de Amado. E os fãs de longa data poderão redescobrir, sob uma nova perspectiva, o trabalho deste que é um de nossos maiores autores.

WWW.PENGUINCOMPANHIA.COM.BR

Esta obra foi composta em Sabon
e impressa em ofsete pela Geográfica
sobre papel Pólen Soft da Suzano Papel e Celulose
para a Editora Schwarcz em novembro de 2010

A marca FSC é a garantia de que a madeira utilizada na fabricação do papel deste livro provém de florestas que foram gerenciadas de maneira ambientalmente correta, socialmente justa e economicamente viável, além de outras fontes de origem controlada.